刘勇
李春雨
主编

侯敏
姚舒扬
副主编

顾楠楠
编著

教育强国之梦

JIAOYU QIANGGUO ZHI MENG

北京师范大学出版集团
BEIJING NORMAL UNIVERSITY PUBLISHING GROUP
安徽大学出版社

图书在版编目(CIP)数据

教育强国之梦/顾楠楠编著. —2版. —合肥:安徽大学出版社,2014.9
(梦想的力量:中国梦青少年读本/刘勇,李春雨主编)
ISBN 978-7-5664-0847-1

Ⅰ.①教… Ⅱ.①顾… Ⅲ.①爱国主义教育－中国－青少年读物 Ⅳ.①D647-49

中国版本图书馆CIP数据核字(2014)第219742号

出版发行：北京师范大学出版集团
安　徽　大　学　出　版　社
(安徽省合肥市肥西路3号 邮编230039)
www.bnupg.com.cn
www.ahupress.com.cn

印　　刷	合肥市裕同印刷包装有限公司
经　　销	全国新华书店
开　　本	170mm×230mm
印　　张	13
字　　数	125千字
版　　次	2014年9月第2版
印　　次	2014年9月第1次印刷
定　　价	24.80元

ISBN 978-7-5664-0847-1

策划编辑：赵月华　钟蕾		装帧设计：李　军
责任编辑：汪迎冬		美术编辑：李　军
责任校对：程中业		责任印制：赵明炎

版权所有　侵权必究

反盗版、侵权举报电话：0551－65106311
外埠邮购电话：0551－65107716
本书如有印装质量问题，请与印制管理部联系调换。
印制管理部电话：0551－65106311

总 序

中国是有着五千多年灿烂历史文明的泱泱古国。周秦伟业、两汉文明、大唐盛世、宋季富士、元朝拓疆、明代兴旺、康乾胜景,历史上伟大的时代与悠久的历史文明,不仅让我们每个炎黄子孙倍感骄傲,而且令世界人民叹为观止。而时至清朝,当欧洲已经走出长达八百多年中世纪的黑暗,在文艺复兴运动,接受一系列新知识、新技术的时候;当18世纪初牛顿发现了万有引力定律、莱布尼茨建立了微积分体系、培根喊出了"知识就是力量"的时候;当英国正在大张旗鼓地进行工业革命的时候,中国却仍然沉浸在"天朝上国"的迷梦和农业经济繁荣的落日余晖之中,根本不知道世界正在发生翻天覆地的巨变。结果是中国为此付出了沉重而惨痛的代价,鸦片战争失败后所签订的丧权辱国的中英《南京条约》,使中华民族承受了巨大而空前的屈辱,于是无数的仁人志士开始为振兴中华而奔走呼号,甚至抛头颅、洒热血。从洋务运动、戊戌变法、辛亥革命,直到中华人民共和国成立,中国人民为了寻求挽救国家于倾颓的伟大梦想,走过了一段艰难曲折的历程。

五四运动是这一历程中重要的一步,成为近现代国人真正觉醒的辉煌的起点。五四运动的先驱在高扬"民主""科学"伟大旗帜的同时,将目光聚焦于文学。我们还清楚地记得,无数有识之士都不约而同地将目光集中投向了青年!五四新文学与新文化运动中最重要、最让人瞩目的刊物就叫《新青年》,陈独秀所写的《敬告青年》满含殷殷之情、拳拳之心,至今令人难忘。回想当年,陈独秀为什么要创办《新青年》?为什么要写《敬告青年》?以陈独秀为代表的那代人为什么那样关注青年?难道是因为他们心血来潮吗?难道是因为他们认为青年必然胜过老年吗?不是!他们清醒地意识到,民族伟大复兴的梦想不是一代人所能完成的,甚至也不是两三代人就能实现的。这个伟大的使命势必要由数代青年前赴后继,不断努力地去承担、去完成、去实现!

陈独秀在《敬告青年》一文中的慷慨陈词:"青年如初春,如朝日,如百卉之萌动,如利刃之新发于硎,人生最可宝贵之时期也。青年之于社会,犹新鲜活泼细胞之在人身。"亦如梁启超在《少年中国说》中所言:"老年人常思既往,少年人常思将来。惟思既往也,故生留恋心;惟思将来也,故生希望心。惟留恋也,故保守;惟希望也,故进取。

惟保守也,故永旧;惟进取也,故日新。"这样的言辞虽然有些绝对,但却道出了青少年乃国家与民族未来希望之实质。

从晚清起到今天,心怀强国梦想的中国人奋斗了一百多年。虽然在这一百多年中,几代人前赴后继,为中华民族开辟了一条通往伟大复兴之路,但在这条复兴的道路上,还需要我们继续努力。实际上,以"中华民族伟大复兴"为旨归的"中国梦"正像五四新文学先驱者们所预测的那样:还需要几代人去实现。也就是说,还需要几代青少年去不断地努力与拼搏。所以,让青少年了解什么是"中国梦",让青少年了解"中国梦"的实现对于我们国家与民族的根本意义,是多么急切,多么重要!这就是我们出版这套"梦想的力量:中国梦青少年读本"丛书的初衷。

这套丛书,紧紧围绕着"理想信念""少年成长""教育强国""科技腾飞""文学艺术""悠悠历史""求真探奇""城乡和谐""平凡人生""走向世界"等十个与"中国梦"密切相关的主题,用许许多多生动有趣的故事,向怀揣梦想的青少年说明:"中国梦"这三个字绝对不是口号、不是空想。相反,它有着丰富的文化内涵和底蕴,它涵盖了我们生活的方方面面,彰显在历史、科技、文学艺术等各个领域。它既可以体现为伟人在其人生历程中所追求的理想信念,也可以体现为普通人在平凡的人生中所坚守的一个个小小梦想；它既可以体现为老一辈对于自己梦想的执着守望，也可以体现为年轻一代对于未来的无限憧憬。

我们之所以把这些故事讲给青少年听，是想让青少年了解那些曾经发生和正在发生的感人故事，让他们真正体悟梦想的实现都不是一蹴而就的，而是要付出辛劳和汗水；让青少年在这些生动感人的故事的熏陶下培养自身坚强、勇敢、勤劳的优秀品质；让青少年通过这些故事反观自身，从而激发他们面对挫折时的斗志和勇气；让青少年了解什么是"中国梦"，为什么要实现"中国梦"；让青少年明白自己在实现民族伟大复兴的"中国梦"的历史进程中肩负着什么样的责任。

"梦想的力量"在根本上来自青少年！

"中国梦"的实现归根到底在于青少年！

刘　勇　李春雨

2014 年 1 月

目录

因材施教,循循善诱 // 1

18 缸水的功夫 // 11

黄泥墙上"写"人生 // 18

妙笔何时可"生花" // 25

且改对联再读书 // 33

程门立雪敬师情 // 41

拜师求教不畏难 // 48

好(hǎo)读书与好(hào)读书 // 58

守护儿童创造力 // 63

闹中读出清静心 // 72

"不教"而教 // 80

"险"处好读书 // 88

水比石头"硬"三分 // 96

32年援疆教育梦 // 103

请把我的歌带回你的家 // 112

"一个",也不算少 // 120

回来,是为了再次出发 // 128

梦想"化开"的雪路 // 137

爱使她看得更远 // 144

盛开的向日葵 // 153

"心灵空间"里的支教情 // 163

睡在羊圈里支教 // 174

课堂上的正能量 // 184

落榜"落"不下梦想 // 189

后记 // 197

因材施教,循循善诱

孔子是 2500 年前的大教育家。他不仅心怀仁德,富有学识,引来弟子三千,能够"得天下英才而教育之",而且对教育也有自己的独特方法。他的方法之一看上去一点也不"新奇",就是与学生出游,但是对学生们来说,与孔子出游是一件很有趣味又总能触发"新想法"的事情。因此,他的弟子们都把"和夫子出游"看成一件既光荣又长学问的事情。

孔子有很多学生,每个学生的性格都不一样,他就针对每个学生的不同性格在出游的过程中对他们进行不同的教导。

孔子有 3 个学生很有特点:最聪明爱思考的颜回,性格豪爽总是打抱不平的子路和能言善辩又富可敌国的端木赐。这一天,孔子带着他们出游。他让三人在路上思考什么是"仁"。颜回最爱思考,但是他谨言慎行,习惯先思考后回答,子路则是想到什么就说什么。子路马上回答孔子:"老师,仁就是对百姓好,对家人好,对朋友好,对君主好,对老师您好。"孔子问:"你觉得对待他们的仁该怎样排序呢?"子路马上回答:"肯定是先对君主好,再对朋友好,对老师好,后对家人好,对百姓好。"孔子叹了口气:"天下百姓是第一,你连这个都想不明白,还是好好思考再回答吧。"端木赐看颜回不说话,子路又答错了,就轻声低问:"老师,您要我们明白什么是'仁',那您能不能先告诉我们什么是'不仁'呢?"孔子知道端木赐最能言善辩,他提的这个问题也很刁钻,于是回答他说:"巧言令色,鲜矣仁。"端木赐听完就不继续问了。孔子是说,只会花言巧语看别人脸色说话做事的人很少是有仁德的,说的就是端木赐。看到3个学生都在思考,孔子停止了对这个问题的讨论,带着他们继续走。

师徒四人顺着小溪走到溪边一个亭子里休息。夏日炎炎,四人想到河边取些水来止渴,却看到溪边有村妇在洗衣服,还有少女在洗澡,3个弟子都有些害羞。这个时

候颜回走到孔子身边问道:"老师,这个时候我做什么才称得上是'仁'呢?"

孔子对他说:"克己复礼为仁。"颜回一听便心领神会,知道老师说的意思是要克制自己,遵循礼数,行为要有规矩,才是"仁"的表现。颜回就问孔子:"我愿意克制自己,遵循礼数,行为规矩,但是怎么样才能做到呢?"孔子很欣慰颜回明白了自己的意思,就告诉他:"非礼勿视,非礼勿听,非礼勿言,非礼勿动。"颜回知道了老师是告诉他只要视、听、言、行都符合礼数的规矩,就可以称得上"仁"了。

于是,颜回径直走向小溪上游,拿出身上的竹筒接了水回来,一路上不曾与村妇搭话,也不曾扭头看向溪中一眼,恭敬地请孔子喝水,孔子非常高兴,说:"颜回啊,你已经快成为一个有仁德的人了。"颜回说:"不,老师,我的梦想是成为像您一样的人,让普通人都能学到礼和先王之道。"孔子说:"你这么说就已经快赶上我了啊。"

在孔子教导颜回的时候,另两个学生都很认真地听着,颜回问完,子路也想问问题,孔子挥挥手说:"路还很长,每个人的感受都需要慢慢思考后再说。"师徒四人休息完就继续向前走。不一会儿到了中午,烈日炎炎,子路的衣服被汗浸湿了,想摘下头冠擦汗。孔子对子路说:"作为一个君子,不论遇到什么样的事情都不能乱了自己的仪表。"子路赶紧扶正了自己的头冠,并说:"您说得对,我不会再摘下头冠了。"

4个人路过一个小村子,孔子问:"颜回,你想让百姓都学会礼,这是你的梦想,那你怎么去实现这个梦想呢?"颜回低下头思考,孔子又问:"子路、端木赐,你俩的梦想又是什么呢?也是让百姓都学到礼吗?"子路和端木赐彼此对视了一眼,子路回答道:"老师,我的梦想和颜回并不一样,我的梦想是辅佐一个好的君主,让百姓能够夜不闭户,路不拾遗,每个人都有信有义真诚待人。"孔子笑笑说:"你的梦想可不比颜回的小啊。"端木赐正要回答,这时候一个挑水的农夫从旁经过,农夫看到孔子师徒行路辛苦,就放下水桶,拉着孔子师徒走到树荫下,让他们喝点水再走。孔子问农夫这村子里的徭役和赋税是否严苛,农夫说村里的百姓过得都很好,孔子高兴地说这个国家的国君很贤明。农夫等孔子师徒喝完水就离开了。端木赐看到农夫水桶里只剩下半桶水,就对孔子说:"老师,我的梦想很简单,就是让百姓都过上好日子,能让他们吃饱穿暖。而且我知道什么是'仁'了,您说百姓第一,这里的百姓对人和善,我以后一定要做个好官,对百姓广施恩泽,接济百姓,

这样就是'仁'了吧?"其他弟子都觉得端木赐说的就是"仁",但孔子却对端木赐说:"你的梦想比他俩的都大啊,但是己欲立而立人,己欲达而达人。"颜回听了有所领悟,而端木赐思考了一下什么也没说,站起来追上那个农夫,帮他把水挑回村子。孔子对其他弟子说:"端木赐一定会成为一个好官的。"其他弟子不明白老师为什么这么说,孔子解释道:"端木赐思维敏捷、善做生意,他很想做个有仁德的人,但是他每天想着博施济众,做事又好高骛远、眼高手低,我就是告诉他,做事不能只靠想,一定要去做,当他做到对待别人就像对待自己的时候,就是'仁'了。"

这趟出游,三人都受益良多。师徒四人走到子路家,子路让老师他们在家里吃饭。孔子和颜回、端木赐坐下,子路的哥哥招呼众人。孔子问弟子们:"今天都感受到怎么做一个有仁德的人了吗?"子路对孔子说:"先生所教的仁义之道,真是令人向往!我所听到的这些道理,应该马上去实行吗?"这时候孔子说:"有父兄在,如之何其闻斯行之?"意思是,你现在家里还有父亲和哥哥,你怎么能想到什么就做什么?一定要先听听他们的意见再做事。子路受教,跑去帮自己的父亲和哥哥准备晚饭。

孔子师徒四人吃完饭,回到自己的住所,颜回对孔子说:"老师,我这一天学到很多,我想去感谢那些帮助我们的人,即使我现在还没有做官,但是我可以用我的言行和学识去帮助别人,这样我才能成为一个有仁德的人。"孔子说:"你有这样的想法很好,既然你已经想到了,就不要再问我,直接去做才对。"颜回听从孔子的教导离开了。

夜晚,端木赐来到孔子的住所,他问孔子:"老师,我有个问题,一直到现在也没想明白。刚才,颜回和子路问了您同样的问题,做事应该是先想还是先做,您却给了他们两人不同的答案,您让子路三思而后行,却让颜回有想法就去做。为什么同样希望做一个有仁德的人,行为准则却不同呢?"

孔子对端木赐说:"你果然很爱思考啊,我告诉颜回克己复礼,是因为颜回能举一反三,一切美德都是从礼数延伸的德行,我告诉他克己复礼就足够了;我告诉你要推己及人,是因为你眼高手低,如果做事能把别人当作是自己,就能够成大事;我让子路谨言慎行,是因为他说话不谨慎,一个连说话都不谨慎的人做事怎么能够稳妥呢?我让他听取别人的意见,是因为子路好勇斗狠、容易冲动,听劝才能克制自己;而我之所以对颜回说了不同的答案,是颜回为人谨慎,我要鼓励他做事的勇气。其实你们每个人都是

有仁德的人,但是你们总会被自己的缺点所影响,我作为你们的老师,并不是要把'仁德'这个东西给你们,而是让你们把遮掩住'仁德'的缺点改正,这样也是我这个老师的仁德啊。能让你们成为有仁德的人,并且通过你们让百姓都成为有仁德的人,就是我的梦想啊!"端木赐恍然大悟,原来这才是真正的仁德啊。

如何做到真正的仁德,在不同的人身上有不同的方法。孔子正是用因材施教的方法,教会自己的学生何为仁德,也展现了身为人师的仁德。孔子的梦想是让天下的普通百姓都成为君子,而现在的我们作为儒家文化熏陶下的"弟子",更应该将做一个有仁德的君子当作自己的梦想。

儒家 儒家又称"儒学"、"儒家学说",或称为"儒教",是中国古代最有影响的学派。作为华夏固有价值系统的一种,儒家并非通常意义上的学术或学派,它是中华法系的法理基础,是对中国以及东方文明发生过重大影响并持续至今的意识形态,儒家思想是东亚地区的基本文化信仰。儒家最初指的是冠婚丧祭时的司仪,自春秋起指由孔

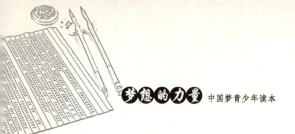

子创立的,后来逐步发展成以"仁"为核心的思想体系。儒家文化崇尚"礼乐"和"仁义",提倡"忠恕"和"中庸"之道。主张"德治""仁政",重视伦常关系。

❋ ❋ ❋

当教师把每一个学生都理解为他是一个具有个人特点的、具有自己的志向、自己的智慧和性格结构的人的时候,这样的理解才能有助于教师去热爱儿童和尊重儿童。

——[苏联]赞科夫

18 缸水的功夫

　　晋代书法家王羲之有 7 个儿子、1 个女儿。小儿子名叫王献之，从小就非常崇拜父亲，经常跟在父亲身边看他练字。久而久之，献之自己也开始学写字。王羲之早就看出来了，在这么多子女中，献之是最有书法天赋的。有一天，王羲之把幼子叫来，问他觉得自己写的字怎么样。王献之年纪虽小，却很有自信："我是父亲的儿子，父亲是大书法家，我写的字当然也不赖！"

　　王羲之听了，忍不住皱了皱眉头。这孩子年纪这么小，就如此傲慢，不知天高地厚，可不是一件好事啊！

　　他沉吟一下就接着说："哦，不错啊。那你说说你写字的心得吧。"王献之想了半天，不知如何回答。不过他很聪

明,反问道:"孩儿年龄尚小,不过,您一定有非常不一般的心得吧?"王羲之没有说话,示意儿子跟自己走。他们来到了后花园,园中靠墙处摆着18只大水缸。献之虽然早就看到过它们,却一直不知道这些水缸是用来做什么的。王羲之把他带到了水缸边上,问道:"你知道这些水缸的用途吗?"王献之疑惑地摇头。

王羲之敲敲水缸的边缘,故作神秘地说:"这里面就藏着为父书法的秘诀。"

王献之惊讶得张大了嘴巴:"是吗?!可是……"

王羲之叫仆人找来水桶,把18只大水缸一一灌满,然后对王献之说:"其实很简单,你把这18缸水写完,就能明白为父的秘诀了!"

说完,王羲之就转身离开水缸,只剩王献之一个人站在那儿百思不得其解。父亲究竟是什么意思呢?"噢,我明白了,父亲是要我苦练,他觉得我的字写得还不到家呢!"献之想到这儿,不禁有些懊恼,"可是,我觉得自己写得已经很不错了嘛!"

献之天性好强,既然父亲觉得自己不行,那他就决心苦练给父亲瞧瞧。他索性在后花园摆了一张书案,准备好笔墨纸砚,每天吃过早饭就挨着这18缸水练起来,一直练

到半夜。王羲之把一切都看在眼里,也不去干涉他;王羲之的夫人却常常来到儿子身边,为他送茶、点灯。

写什么呢?王献之想,父亲是"书圣",那我每天就临他的墨宝吧。这样一定就能写好了吧!于是,王献之找来王羲之的字,照着写起来,一横、一竖、一撇、一捺、一点……献之从笔画写起,练得很投入,这一练就足足练了两年。

这天,他拿着一摞写满笔画的纸来到了父亲的书房,父亲正在写字,母亲在一旁研墨。献之把字纸交给父亲,急切地想听听父亲的意见。王羲之接过字纸,看了一遍,笑了笑,什么也没说。王夫人把字纸接过来,也看了一遍,对献之说:"有点像铁划了。"献之看看父亲的反应,心里很失落。但母亲的一句小小夸奖,还是使他受到了鼓舞。他又回到了18只大水缸旁边,开始练习写钩,一练又是两年。

他又把一堆写着钩的字纸交给父亲,父亲看过之后,还是什么也没说。王夫人在一旁宽慰道:"嗯,有点像银钩了!"献之有点气馁。王夫人又对他说:"献之,现在你可以练完整的字了。别灰心,你一定能够练好!"王献之听了母亲的话,心里也在鼓励自己:"加把劲儿啊!"他回到了后花园书案前这个练字的老地方,踏踏实实地坐稳,闭上双眼,调整呼吸,然后睁开眼睛,继续练字。

练字的过程虽有些枯燥,却不时有惊喜。献之发现,每一个字都有其筋骨结构。"夫书禀乎人性,疾者不可使之令徐,徐者不可使之令疾。"他想起东汉蔡邕说过的这句话,于是更加凝神定气,不疾不徐地练习。到后来,献之写字反而越来越慢,因为无论哪一笔,他都要集中很大的心力去写。就这样,一晃又是4年过去了。王献之已经不再是当年那个狂妄的孩童,他已经成长为一名对书法颇有心得的挺拔少年。一日,他又在水缸旁边练字,王羲之走了过来。

献之看父亲来了,赶紧站起来。王羲之看看水缸里的水,18缸水已经被"练"掉了大半。献之见父亲脸上出现了满意的神色,顿时信心倍增。他鼓足勇气拿出一摞字纸,对父亲说:"父亲,请您指点一下孩儿的字吧!"王羲之从一堆字纸中挑出了一个"大"字,仔细看了看,说:"你这个字写得还可以,只是有些上紧下松。"说完,他提起献之蘸好墨的毛笔,在"大"字下面点了一个点。

做完这一切之后,王羲之没有多说什么,就微笑着离开了。献之捧起被父亲改动过的这个字,看了又看,似乎

并未觉得有什么妙处。于是,他暂时将这些字搁在一边,又开始专心地练习起来。

过了一会儿,王夫人来了。她走到献之身边,看着练字的献之,又心疼又满意。她目光在那一摞纸堆里寻觅,像是看到了孩子成长的脚步。突然,她眼睛一亮,好像发现了什么似的,盯住了一个字。"这个'太'字……"她捧起这张纸,左右端详起来。献之也放下了手中的笔,不解地望着母亲。王夫人问他:"这个字是你写的吗?"王献之点点头。王夫人长叹一声,说:"唉,我儿练字三千日,只有这一点像羲之啊!"献之听了,不禁对父亲佩服得五体投地。从那以后,王献之更加刻苦地练字,经常连饭都忘了吃。他心中一直有一个信念:凭着苦练,早晚有一天要成为像父亲一样的书法家!

18缸水越来越少,眼看只剩下两缸了,连献之自己都不记得写了多少天字;积累的字纸越来越多,王羲之夫妇每天都会翻翻这些纸,献之的进步有目共睹。这天,献之一如既往,在水缸旁练字。王羲之悄悄走到他身后,献之浑然不觉;王羲之看准了献之手中的笔管,伸手过去,用力一拔,居然没有动。献之被王羲之吓了一大跳。王羲之却高兴得哈哈大笑:"孩子,你将来一定能成为书法上的大家啊!"

王献之又喜又惊——父亲以前可是从未这样夸奖过自己啊!

王羲之说:"你已经有了手劲,这是很大的进步,需要长久练习才能有这样的成果。"他指着剩下的两缸水,说:"从今天起,我指点你把剩下的水写完。"从此,后花园的水缸旁边又多了一个飘逸潇洒的身影……

就这样,王献之终于把18缸水"写完"了,成了一位真正有造诣的书法家。王羲之教导王献之,用的是不动声色的方式,他没有以大道理和空话对儿子进行说教,而是引导他从实践中积累经验、练习技巧,最终明白学无止境的道理,确立了严谨治学的精神。而王献之,不仅能够接受父亲的指点,更在逐步学习的过程中发现自己的不足,勤勉刻苦坚持下去,因而最终受益匪浅。这两父子的一教一学,体现了中国传统教育潜移默化的特点,他们真不愧是古代文化名人中的典范啊!

知识链接

王献之 王献之字子敬,汉族,东晋琅邪(今山东临沂)人,书法家、诗人,祖籍山东临沂,生于会稽(今浙江绍兴),王羲之第7子。死时43岁。王献之幼年随父羲之学书法,兼学张芝。其书法众体皆精,尤以行草著名,敢于创新,不为其父所囿,在书法史上被誉为"小圣",与其父并称为"二王"。

❋ ❋ ❋

求学的三个条件是:多观察、多吃苦、多研究。

——[美]加菲劳

黄泥墙上"写"人生

颜真卿童年时家里很穷。3岁的时候,他的父亲就去世了,留下他和母亲这对孤儿寡母相依为命。苦苦支撑了几年之后,母亲找不到能够糊口的工作,迫于无奈,娘儿俩回到了颜真卿的外祖父殷子敬家。

从此以后,颜真卿就开始了在外祖父家的生活。有一天,小真卿在院子里玩,看到一只很大的白蝴蝶。他被上下翩飞的蝴蝶吸引住了,跟着跑去,不知不觉中,来到一间屋子门外。

白蝴蝶飞到院落的一角,在花丛中隐去了。颜真卿再也找不到它,只好放弃,刚准备往回走,忽然发现身边的一间屋子以前从来没有进去过。他按捺不住好奇的心,从窗缝向屋里看去。只见外祖父端坐在书案前,专心致志地用

一支毛笔在纸上写着什么。

"外公在做什么呢?"颜真卿想仔细看个明白,可惜他人小个子矮,根本看不清纸上的内容,只好拼命踮起脚尖,却被一块小石头硌到了脚掌。"哎呀!"他摔倒在地。

外祖父听到颜真卿在窗外的叫声,赶忙撂下笔出门察看。"真卿,你这是怎么了?"颜真卿从地上爬起来,拍拍身上的土,不好意思地笑了:"外公,对不起,我看到您在写字,很想看个仔细,谁知道不小心摔倒了。"外公哈哈大笑:"这孩子,想看就进来看呗!"

外祖父带颜真卿走进了屋子。这里的书真多啊!颜真卿从来没有见过这么丰富的藏书,他跑到一个书架前面,抽出一本书,问外祖父:"这是什么?"外祖父说:"这是一本字帖。""字帖是什么?""就是练习书法时的样本,写字的时候,可以按照字帖上的字进行临摹,那就叫作'临帖'。"看看书案上摆着的毛笔、宣纸和"字帖",颜真卿恍然大悟:"噢,这么说,您刚才就是在临帖啊!""是啊!"外祖父拉着他来到书案前面,颜真卿看到宣纸上龙飞凤舞的字迹,不由得满心欢喜地赞叹:"这些字写得真好看!"

"哦?你倒是说说,怎么好看了?"

"这个'飞'字,看起来像有翅膀的鸟一样,好像真的会飞出来。"颜真卿已经在母亲的指导下读过一些书,认识不

少字了。"还有这个'水'字,横竖撇捺很舒展,就像水总是流到四面八方。"

"哈哈哈哈哈!"外祖父听了,高兴地捻起胡子,哈哈大笑,"孩子,你真是聪明伶俐,我从来没有见过这么有悟性的小孩!"听了外祖父的夸奖,颜真卿也很高兴。

"来,外公教你写个字。"外祖父教颜真卿握好毛笔,然后手把手地带着他写了一个"志"字。颜真卿认得这个字,只听见外祖父说:"孩子,男儿应当志存高远,你看外公,虽然清贫,但也有志向。""外公,您的志向是什么呢?""外公希望能够在书法上有所成就,像这些先贤一样,"说着,外祖父环顾书房,"留下一些可供后人参考的碑帖。"

颜真卿看到外祖父如此热爱书法,心里很羡慕。他对外祖父说:"我也想学书法!"外祖父呵呵一笑,说:"以你的天资,将来成就一定比我大。那我就好好地教你!"

就这样,颜真卿开始跟随外祖父学习书法。母亲听说这事,也很高兴,每天守在儿子身边,看他练字。

"妈妈,你看,一横……一竖……一撇……一捺……"颜真卿写得很用心。母亲看了,心中非常欣慰,心想:"这孩子,将来一定有出息!"

不料,命运再一次向颜家母子开了一个大玩笑。外祖父原本是一县县令,却因为一些过失被撤了职。丢了官职

后的外祖父顿时没有了俸禄,全家人没了经济来源,只好暂且将家中的东西变卖,换取粮食。颜真卿难过地发现,外祖父书房中的字帖越来越少,最终只剩下几本。"唉,这几本字帖,我实在舍不得卖掉。"外祖父看着心爱的字帖,老泪纵横。"这下可怎么办呢?"母亲也在发愁,想到儿子在书法方面那么有天赋,如今却要因为缺少纸笔放弃学习了。

"孩子,咱们家现在这种情况,没有钱给你买纸笔,你要练字可怎么办呢?"母亲拉着颜真卿的手,眼泪止不住地流下来。

颜真卿见母亲伤心,连忙伸出小手,擦干母亲脸上的眼泪,说:"妈妈别难过,我不练字了,没关系的!"

母亲听了这话,更加伤心:"因为我的无能,让你的前程受到影响,我不忍心啊!"

颜真卿只好反复安慰母亲,现在的困难只是暂时的,以后会渐渐好起来。他在心里想:"我应该想想办法,找些东西来代替纸笔。"

这一日,他在县城门口跟几个小伙伴一起玩,邻居家的小男孩王二用手捏了几个泥球,砸向别的小朋友。泥球没有砸中人,砸到了城墙上,留下一个深深的印记。

"哎,你们跑得怎么那么快!没劲,不玩了不玩了!"王二觉得没意思,赌气要走。颜真卿看着墙上的泥印儿,忽

然想到了什么。他拉住王二，问道："王二，这些黄泥你是在哪儿找来的？我怎么没见我家附近有呢？"

王二嘻嘻一笑："这些泥巴都是我家后面的小河里的，你想要，我带你去挖！"

颜真卿高兴地点点头，跟王二约好中午在小河边见面。他回到家里，找来一只木桶，又找出一只小铁铲。来到小河边，王二已经在那儿等候了。"喏，就在那边！"王二指了指小河中间，那里水流湍急，颜真卿看了，不禁有些害怕。"怕了吗？"王二嘴角带着坏笑。颜真卿忽然想起别的小伙伴曾经跟他说过，王二这小子平时经常捉弄人，说不定这也是他的恶作剧。颜真卿仔细看了看王二指的位置，那一带确实有不少柔软的黄泥。"管他呢！"颜真卿看了看王二的坏笑，硬着头皮脱下鞋子下了河。小河虽然不深，但水流很急，颜真卿趟着水来到河流中间，他把脚踩进泥里，拼命站稳，然后快速地用小铁铲把黄泥铲起来，装到小桶里面。小桶不一会儿就装满了。颜真卿虽然累得满头大汗，但还是忍不住高兴地笑起来，不料回头一看，王二不见了，自己留在河岸上的鞋子也没了。

"糟糕，还是被王二耍啦！"颜真卿想到家里这么困难，这双鞋丢了，自己恐怕是要打几个月赤脚了。"不要紧，现在是夏天，天气这么热，不穿鞋也没事，还是黄泥比较重要。"他光

着脚上了岸,提着小桶,拿着铲子,高高兴兴地往家里走。

回到家,颜真卿在院子里东望望西瞧瞧,似乎在找什么。"哎,这儿有!"他眼睛一亮,盯上了院子最深处的一面土墙。这面墙虽然破旧,但表面还算平整。他又找来一把小刷子、一只破碗,在碗里装了些清水,掺进一些黄泥,把泥和水搅匀,用刷子蘸取一些,在土墙上面写起来。

母亲这时来到了颜真卿身旁。"儿子,你在做什么?""妈妈,你看!"颜真卿兴高采烈地举起刷子,指着土墙:"我找到不花钱的纸笔啦!"每写满一面墙,他用水把墙上的泥冲刷干净,然后继续写。

看到儿子光着脚,母亲感到很诧异,问明白之后,她忍不住哭了:"孩子,都是为娘的没用,让你这么受苦!"

颜真卿赶紧放下手中的刷子,拉着母亲的手说:"您千万别这么说,将来这个家全靠我了!您就放心吧!"

颜真卿没有食言。后来,他不仅考取功名、做了好官,让一家人衣食无忧,更是在书法上取得了极大的成就,他创造的"颜体"楷书,成为后世无数学习书法的人临摹的范本,与柳公权的"柳体"并称"颜筋柳骨"。

虽然小时候家里贫穷,但这并没有成为颜真卿成材的障碍;相反,正是因为这种穷困,促使颜真卿开动脑筋、为自己的学习创造机会和条件。在我国的贫困地区,依然有许多小朋友生活困窘,但他们也像颜真卿一样,从来没放弃过自己的追求,这样意志坚韧的孩子,将来一定能成为出自寒门的良材。

颜体　颜体为唐代书法家颜真卿所创,和柳公权的"柳体"合称为"颜柳",有"颜筋柳骨"的说法。"颜体"是针对颜真卿的楷书而言的,其楷书结体方正,笔画横轻竖重,笔力雄强圆厚,气势庄严雄浑。

❋ ❋ ❋

学问是异常珍贵的东西,从任何源泉吸收都不可耻。

——[黎巴嫩]阿卜·日·法拉兹

妙笔何时可"生花"

江西抚州的王安石,从小就有很大的志向。他知道要想实现自己的梦想,就要走出家门,遍访名师,到真正有学问的人身边去求取"真经"。于是,他整理好衣服,带上一箱书和简单的行李,辞别父母,离开家乡,来到宜黄鹿岗书院求学。鹿岗书院是北宋时期一个非常著名的书院,有很多著名的人物都在这里学习过。当时,名师杜子野先生主持书院的教学工作,于是,王安石拜师杜子野门下,请求指点。杜子野也喜欢这个倔强好学的孩子。

王安石在书院安顿下来。他一心想在这里学有所成,于是日夜勤奋苦读,从不懈怠。

一天,王安石正在翻阅王仁裕《开元天宝遗事》,读到一则有趣的逸闻:"诗仙"李白年轻时曾经做过一个梦。梦中,他看见自己所用的笔头上长出一朵美丽的花。后来,人们发现,李白才华横溢,他的诗歌文采斐然,简直就像是从天宫中获得了灵感一样。

王安石抚卷沉吟:这个梦真的发生了吗?李白诗文如此了得,真的和这个梦有关吗?我为什么没有做过这样的梦呢?如果世上真有笔下生花的事,那又会是什么样子的呢?我能不能通过自己的努力,使这个奇妙的场景再现呢?王安石越想越出奇,越想越觉得这件看上去有些荒诞的事情并没有那么简单。

王安石呆呆痴想的时候,杜子野正好闲步经过书房。他看见王安石伏在一本书上自言自语,觉得很有趣,就走了过来。

"学而不思则罔,思而不学则殆……嗯,思有所得吗?"

"啊……先生。"王安石回过神来,赶紧起立,向老师深鞠一躬,一时间不知道该如何回答老师的提问,"请问先生,人世间真会有生花的妙笔吗?"

杜子野一愣,定睛一看王安石放在书案上的《开元天宝遗事》,马上明白了八九分,脸上露出一丝不易察觉的微笑。他郑重其事地说:"当然有啊!"然后拍了拍王安石的肩,让他坐下,随手取下一支案上的毛笔,"笔和笔是不一样的。事实上有的笔头会长花,有的笔头不会长,只是我

们的肉眼难以分辨罢了。"

"去哪儿能够寻到这样的笔呢？先生可曾见到过？"

杜子野深思了一下，起身在书案下翻出一大捆毛笔，堆放在书案上，对王安石说："寻找到一支能够生花的笔，不是没有办法。这里有九百九十九支毛笔，其中有一支就是生花笔，究竟是哪一支，就要你自己来确定了。"

王安石看看老师，又看看眼前这座"笔山"，赶紧躬身俯首道："学生眼浅，请先生指教。"

杜子野摸着胡须，沉思片刻，严肃地说："为师指点你两个字：试笔。你只有用每支笔去写文章，写秃一支再换一支，如此一直写下去，定能从中寻得生花笔。除此，没有别的办法了。"说完，老师意味深长地看了他一眼便扬长而去，留下了若有所得的王安石。

从此，王安石按照杜子野先生的教导，每日苦读诗书，勤练文章。刚开始，他总是写着写着就看看笔毛有没有脱落，笔管有没有松动，盼着手里的笔能早一点坏，这样写起文章来就特别吃力，越写越退步。看着老师严厉的眼神，他再不敢去想笔的好坏了，赶紧把心思转移到文章上来。每写一篇，往往要改上七八遍才算完。不知不觉中，居然写秃了足足五百支毛笔。当他发现小笔山已经消去了一半时，真是一阵惊喜，没想到日子过得这么快。可是很快他又陷入了不安。因为，他发现，自己的文章并没有出现预想中的大飞跃、大进步，那种笔下生花的场景并没有出现过啊！想到这，他不禁感到几分颓丧。

有些泄气的王安石刚要转身去找老师，猛地发现老师就站在自己身后。

王安石捡起一支写坏的毛笔，说："先生，我怎么还没有找到那支生花的笔呢？"

"因为我们的约定之期还没有到啊。"杜子野指了指旁边剩下的那些笔。

"可是……可是，这已经有五百……"

"是的，只剩五百支了。"老师不再说话，消失在门后。

又过了好久，王安石把先生送给他的九百九十八支毛笔都写秃了，仅剩一支留在书案上，显得孤零零的。难道它就是"传说中"的"神奇的生花笔"？

其实这段时间以来，王安石写文章不仅文从字顺，而且思想与文字经常能够擦出火花。很多同学都把他的文章拿去当范文学习。只是王安石自己的心结一直没打开：他还没有遇到真正让自己思想与文采"生花"的妙笔！梦想中的那一刻究竟还会不会出现？也许那仅仅是一个传说？

王安石想着想着就倚着书桌睡着了。醒来后，他环顾四周，半夜月色，书房寂寂。啊！如此清风明月，正好作文。

他铺好纸,开始构思那篇要写的《策论》,随手就拿起了书案上的毛笔——他已经忘了,这就是那第九百九十九支笔!文章刚开了头,突然,他感到心胸激荡、文思泉涌、行笔如云、势如破竹,文章越写越畅,思路越写越开,挥挥洒洒,居然生出了许许多多之前没有想到的命意和想法。这些想法像是活了一样,在他的脑海里翻腾、汇集、整合,慢慢地他感到从它们之中升起了一个透亮晶莹的东西,照耀了他全身,如同"海上生明月"般,让人神清气爽。

当最后一个字写完时,王安石坐在那里一动不动,他激动得难以言表。是的,他一直盼望、一直追求、一直梦想的那个"生花"时刻不期而至了。

此时,屋外万籁无声。王安石闭目沉思:老师对自己的启发不就像这孕育万物的大自然一样吗?"随风潜入夜,润物细无声",老师的引导和启发,总是那样细致、那样持久。它让自己领悟和体验到了恒心和耐心的作用,这才是在求学之道上精进的源泉和动力啊!

他想,杜子野老师此时一定在睡梦中听到了他的心声。

梦笔生花　梦笔生花是形容文笔好,善于写作。王仁裕《开元天宝遗事·梦笔头生花》载:李白少年时梦见笔头生花,从此才华横溢,名闻天下。

※ ※ ※

不要担心犯错误,最大的错误是自己没有实践的经验。

——［法］沃韦纳戈

且改对联再读书

大文豪苏轼,字"子瞻",号东坡;他还有一个并不广为人知的字,叫作"和仲"。据说,这个字是他父亲苏洵为他起的,因为苏东坡是家中的次子,就以"仲"为字;"和"呢,则寄托了父亲对儿子的希望——苏东坡少年的时候脾气很急躁,苏洵希望他能将性情磨炼得平和一些。

正是因为个性中有"急"的一面,苏东坡的诗文才豪迈不羁、奔放劲朗。而他早年经历的一件小事则或多或少使他明白:人可以豪迈,却绝不能狂妄……

那是在他十二三岁的时候。

正值春日,阳光和煦,鸟儿在枝头啾啾地鸣叫。小东坡正在书斋聚精会神地读书,忽然听到窗外有人叫他:"子瞻,子瞻!"小东坡抬头一看,原来是平时经常一起玩耍、谈

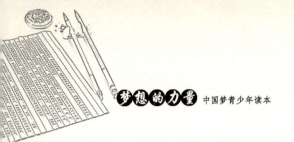

论诗文的好朋友陈秀。陈秀一脸神秘地对他说:"子瞻,你知道今天城门口发生了什么事吗?"

"怎么,发生了什么?"

"不知道从哪儿冒出来一个奇怪的老头,说要看看咱们城里有没有真正的才子。"

小东坡一听,立马来了精神。虽然他年纪尚小,却已经是全城公认的小才子。

他赶紧放下了手中的书,跑出书斋,拉着陈秀的袖子就往父亲的房间跑。还没跑进屋,就跟正往外走的苏洵撞了个满怀。父亲见他一脸亢奋,不解地问:"干吗这么激动?"

"父亲,您听说了吗?"小东坡把刚才听陈秀说的事情跟父亲描述了一遍,陈秀在一旁不住地点头。

苏洵听完,只是微微一笑,说道:"这种事情,不必理会,本来也跟咱们没有什么关系。"

小东坡一听父亲这话,顿时就急了:"怎么没关系?咱们家是诗礼之族,世世代代都是读书人,又出了好几位有名的才子,不要说在全城之中,就是举国上下也是少有的啊!碰到这样狂妄的人,我们难道不该出头吗?"

苏洵的脸色有些严厉了。他语重心长地对东坡说:

"孩子,你年纪这么小,怎么就如此看重虚名呢?虽然有人夸过你几句,但你绝不应该因此骄傲自满,现在这么鲁莽急躁地想要强出头,更是不对!"

苏东坡听了,不高兴地嘟起了嘴。苏洵见儿子不高兴了,也不愿再说,挥挥手让他回书斋继续读书。

苏东坡闷闷不乐地往回走。陈秀向苏洵拜别,也跟在东坡身后走了。走到书斋门口,东坡对陈秀说:"那么,你也回家去吧,咱们改天再见。"陈秀说:"别啊,难道你就不想去看看那个老头吗?"

苏东坡一想,也是啊,虽然父亲不让自己"强出头",但只是去看看的话总没问题吧。

陈秀见东坡犹豫不决的样子,又说:"这个老头还挺好玩呢,白胡子长长的,穿了一身僧不僧道不道的长袍,看起来不像是平常人哟!"

苏东坡的好奇心彻底被挑起来了,他小声对陈秀说:"走,现在就去!"

到了城门口,这里早就是人头攒动一片。小东坡定睛一看,人群的中间果然站着一个老翁。这老翁鹤发童颜,一派仙风道骨的模样,看起来绝不是个普通人。

老翁的面前摆着一张古色古香的书案,书案上摆着笔

墨纸砚。老翁的眼神穿过人群，仿佛看到了刚刚到来的小东坡。他冲着小东坡的方向，用和缓的声音说道："不知道城中还有没有才子能够留下墨宝？"

苏东坡再也按捺不住，挤到书案前面，自信地朗声说："我，苏轼，愿意在老先生面前献丑！"

"好！"围观的群众中爆发出了热烈的喝彩声，大家一直在等待苏家的父子"出手"。

老翁好像并不惊讶，他微微一笑，说："苏公子请！"

小东坡凝神运气，提起毛笔，在宣纸上一气呵成地写下了两行字：

"识尽天下字，读遍人间书。"

围观者看到这两行字，又爆发出一阵喝彩声，陈秀站在人群中更是不住口地叫好。老翁拈须微笑："嗯，苏公子这两行字写得极好，气韵、筋骨都是上佳的。只是……"

苏东坡心急地问："只是什么？"

"缺少风度，这两句话写得更是不可一世，狂妄得可以。"老翁虽然还是一副和气的表情，说话却毫不留情。

小东坡的少年傲气被激将起来。他傲然挺胸，说："我苏轼就是有这份自信，'识尽天下字，读遍人间书'。"

老翁也不多说，只是微笑，将文房四宝默默收起，又郑

重地将小东坡写的字收入书袋,然后拱手对围观的民众说:"老汉我今天偃旗息鼓,咱们改日有缘再见。"说罢就飘飘然出城了。人群很快散去,只留下了还在恍惚之中的苏东坡和陈秀。

苏东坡对陈秀说:"这个老先生,很奇怪。我好像在哪儿见过他。"

陈秀有些生气地说:"我看他不是奇怪,是不自量力,居然那样挖苦你。幸好你没有被他吓倒!"东坡若有所思地摆摆手,默然不语,与陈秀道别,回到了家中。

第二天一早,书童就来禀报:"公子,家门外有个老头说要找你。"

苏东坡心中一凛,问道:"是不是一位长着长长的白胡子的老先生?"书童点点头,小东坡赶紧说:"请他到客厅中稍候,我马上就来。"他急急忙忙换上一套整洁的新衣,郑重其事地戴上帽子,匆匆来到客厅。

果然,等在那里的就是昨天在城门"摆擂台"的老翁。

小东坡向老翁行了个礼:"老先生您好,今天来寒舍有何见教?"

老翁笑了笑,从怀中取出一本薄薄的小册子,递给小东坡:"请公子教教我,这些字念什么?"

小东坡翻开小册子，天哪，这上面满满地印着一堆字，他居然一个都不认识！

他的身上直冒冷汗："怎么一个都不认识，这究竟是为什么，这么多年我读了那么多书，难道统统白读了不成？"

老翁看到小东坡的反应，也不出声，只是用慈和的目光看着他。

最后，东坡无奈地用双手递回小册子，对老翁说："老先生，抱歉，这些字我一个都不认识。"

老翁哈哈一笑，说："那公子你昨天给我写的那两句诗，是否说得不当？"

小东坡默默地点了点头。

这时，苏洵从后院来到前厅。他听说家中来了客人，儿子已经出来待客，为了不失主人礼节，便整理衣冠出来看看。一看不要紧，他简直是喜出望外，三步并作两步走上前来握住老翁的手，笑道："张先生，您光临寒舍，怎么也不叫人说一声呢？"

这位姓张的老翁也紧紧握着苏洵的手，哈哈大笑："我是专程来拜会苏轼公子的呀！"

苏洵知道张先生喜欢开玩笑，也毫不在意，转身对小东坡说："快来拜见张爷爷。这位张爷爷是一位世外隐士，德高望重，才华更是深不可测！我跟他老人家多年未见，

没想到现在居然重逢啦!"

小东坡连忙行了大礼,张先生把他扶起来,笑眯眯地对他说:"我早就听说苏轼公子少年有为,只是性情有些急躁高傲。希望经过这件事,你能沉下心来好好学习,戒骄戒躁呀!"

小东坡这才明白,张先生是为了教育自己而来的,顿时羞愧得无地自容。他说:"请您将我先前写的那两句诗还给我吧,我要改一改。"张先生取出那张宣纸,小东坡找来笔墨,挥笔填上了几个字,变成了:

"发奋识尽天下字,立志读遍人间书。"

苏洵和张先生相视一笑,心中都是无比欣慰。

从此以后,苏东坡手不释卷,发奋读书,最终成为了"唐宋八大家"之一,成为了中华民族历史星空中一颗辉煌灿烂的巨星,为中华文化的繁荣发展做出了很大的贡献。

这个故事启迪我们:学习是没有止境的,身为少年人,我们一定要谦虚勤奋,用功努力,千万不能因为眼前一点小小的成绩而骄傲,毛主席就说过这样一句话:"骄傲使人落后。"同时,做人也不能急躁,急躁和骄傲总是相伴相生。我们要虚心、循序渐进地一步步前进,只有这样,才能实现自己的梦想,成为有成就的人。

三苏 "三苏"指北宋散文家苏洵(字明允,号老泉)和他的儿子苏轼(字子瞻,号东坡居士)、苏辙(字子由,自号颍滨遗老)。"三苏"为唐宋八大家中的三位。"唐宋八大家"是唐宋时期八大散文代表作家的合称,即唐代的韩愈、柳宗元和宋代的欧阳修、苏洵、苏轼、苏辙、王安石、曾巩,分为"唐二家"和"宋六家"。宋仁宗嘉定初年,苏洵和苏轼、苏辙父子三人都到了东京(今河南开封市)。由于欧阳修的赏识和推誉,他们的文章很快著称于世。士大夫争相传诵,一时学者竞相仿效。

✾ ✾ ✾

梦想无论怎样模糊,总潜伏在我们心底,使我们的心境永远得不到宁静,直到这些梦想成为事实。

——林语堂

程门立雪敬师情

北宋时期,福建有个叫杨时的进士,小的时候就很聪颖,显得与众不同,很多人都觉得他将来会很有出息。年纪稍大一点后,杨时即潜心学习经史,宋熙宁九年进士及第,年纪轻轻就已经有所成就了。

当时,一些全国闻名的大学问家都有自己的书院,引来四面八方的年轻才俊登门求学。其中河南颍昌伊川书院的程颢、程颐兄弟就以讲授孔子和孟子的学术精要而著称。不仅伊川、洛阳等较近地区的学者前来拜师,还有很多学者不远千里慕名赶来求教,请求指点。杨时也决定暂时放弃官场仕途的机会去伊川书院拜师。

杨时首先拜在程颢门下。因为他特别勤奋好问,学习成绩优异,所以表现非常突出。人们把他与游酢、伊熔、谢良佐等几个最优秀的同学一起并称"程门高弟"。跟着老师学习的日子总是过得很快,转眼到了结业的时候。杨时与同学们依依告别。当然,他更舍不得与程颢的师生之谊,忘不了老师的谆谆教导,但他知道还有更重要的事需要他去做,他要把老师传授的学问精义与儒家经典的研究精髓发扬光大,惠及四方。看着老师肯定与期盼的眼神,一种强大的使命感在杨时心中升起,使他不再过分感伤,挥别师友后,他大步地下山远去。

  白发苍颜的程颢站在书院门口,眺望着杨时下山的方向,山峦起伏,秋色荡漾,让他感到一丝失落和几分欣慰,不禁感慨:"我的思想和理想去到南方了。"此话说完,程颢突然觉得杨时这一去,他们师徒恐怕再难相见了。自己这几年因为年岁衰迈,已无力继续学术研究了。但是本门学派中重要的学说需要有人继续研究,谁来继承这项事业呢?杨时当然是最好的人选。他虽然学成归乡,但多年之后,经过一定的实践检验,必定还会回来,那么到那时谁来引导他,帮助他呢?沉思良久,程颢决定为这可以预见的一天做些准备。

　　几年后,杨时在社会上经历了一些锻炼,渐渐感到自己原来的知识积累有些欠缺和不足,另外也在一些新的领域中发现了不少问题,想要深入研究。而研究这些问题,就需要请教像程颢这样有大学问的人,砥砺切磋,打开眼界。可是正在此时,老师去世的噩耗传来了,杨时感到非常悲痛,他在卧室里设了老师的灵位守孝哭祭,又用书信讣告同学,相互勉励,一定要将老师的学问发扬光大。

　　这时,他收到了老师在临终时寄给他的一封信。老师在信里对他这些年的研究成果和学术坚持都给予了很大的鼓励,并且细致地谈了几个他曾经写信请教的经义研究的问题。最后,老师建议他,以后可以向师叔切磋讨教,师叔学问别开生面,另有一番天地,可以指导并帮助他把本门的学问继续深化。老师告诫杨时,虽然他此时已经成果斐然,也在社会上有了一定的知名度,但是学问之道是无止境的,应该坚持探索下去,切忌沾沾自喜、骄傲自满。杨时一字不漏地读着老师的遗言,殷殷切切之情跃然纸上,让他备感温暖。当下收拾东西,再次北上求学。

　　杨时决定拜师叔程颐为师,请求他给予指点。程颐也是北宋一位很有名的学问家。早在年轻的杨时随着程颢学习时，他就经常听到哥哥对这个学生赞不绝口，期望很高。因此，他也一直在关注杨时的发展与治学。哥哥去世时，曾非常郑重地向自己推荐杨时，程颐虽然觉得责无旁贷，但又有一点小小的担心：此时的杨时已经40来岁了。人到中年，有了一定的社会地位与阅历，在知识领域长期求索，也有很不错的名声，完全可以自己收徒教学了。这个时候却重新拜师，他难道真会放下架子，真心来自己这里拜求学问？

相处一段时间以来，杨时在程颐面前，态度非常恭谨，一丝不苟地行使着弟子的礼数。同时，他的学问长进也比一般的弟子要快，见识也要高出他们很多。

冬天的一个午后，杨时与同学游酢围炉读书。他们边读边讨论发现的一些问题。在一个道理的解释上，两人出现了分歧。他们都觉得自己有道理，谁都说服不了对方。游酢一笑，建议把不同的看法搁置起来，以后再去研究，杨时却觉得，如果发现了问题不及时解决，只会造成更大的疑惑，对于学问的长进和提高是不利的。他建议，两人去请教老师。游酢虽然觉得没有必要为这么一个小问题去

找老师,但还是拗不过杨时,只好随他一同前去。

程颐刚刚吃过午饭,屋里厅堂上炉火烧得很旺,和屋外逼人的寒意相比,真是温暖如春,让人身心放松,不知不觉就靠着桌子睡着了。

杨时和游酢刚进院子,仆人就迎上来告诉他们老师正在午休。游酢一笑,说:"你看,来得不是时候吧。走吧,下次再问也不迟。""哎,游酢兄,"杨时拉住游酢的胳膊,"趁着老师午休,我们何不守在门外,以免他人来时打扰。况且,老师也不会睡太久。他一觉醒来,精神大振,说不定还会给我们更多的指点呢……这个机会我们可不能错过啊!"游酢说不过杨时,只好勉强和他静静地站在门廊下等候。

一会儿,天空突然飘起了鹅毛大雪。纷纷扬扬,越下越急,连门廊下也开始堆积有雪了。站在雪中的滋味实在不好受。游酢开始还能够忍受,但渐渐感到寒风吹进了自己的脖子,脚已经冻得麻木,几次去观望,老师迟迟不醒,怎么办?他几次想去叫醒先生,又几次想劝杨时离开,但都被杨时劝阻说服。杨时说:"我们来向老师问道求学,就应该苦心励志。孟子不是说'富贵不能淫、威武不能屈'

吗,'天将降大任于斯人也,必先苦其心志,劳其筋骨,饿其体肤',这点风雪和这些磨砺比起来算得了什么呢?其实,风雪倒是助长诗兴的好东西。我们不妨以风雪为题,联诗作对,笑傲雪景,正显风流本色啊。"游酢被杨时说得哭笑不得。于是留了下来,两人在轻声的咏雪联诗中,立雪而侍。

程颐一觉醒来,隔窗看见屋外大雪纷飞,觉得无限惬意。突然,他发现有两个雪人侍立在门外!仆人赶紧过来报告,学生杨时和游酢来求解疑问,一直在门外等候先生午休醒来,已经有几个时辰了!程颐看着他们,不禁感叹其心之诚,其志之坚。

从此以后,老师更加细心地教导,杨时也不负众望,终于学到了老师的全部学问。之后,杨时再次回到南方传播程氏理学,形成独家学派,人们尊称他为"龟山先生"。而他立雪庭院,等待老师睡醒以求学问的故事,也传播四方,激励着很多有梦想的学子不怕艰苦,诚心向学,向着自己的理想不断前进。

程门立雪　程门立雪旧指学生恭敬受教。现比喻求学心切和对有学问长者的尊敬。成语出自《宋史·杨时传》:"至是,杨时见程颐于洛,时盖年四十矣。一日见颐,颐偶瞑坐,时与游酢侍立不去。颐既觉,则门外雪深一尺矣。"

✣　✣　✣

不愤不启,不悱不发,举一隅,不以三隅反,则不复也。

——(春秋)孔子

拜师求教不畏难

"我小的时候就非常喜欢学习。那时候家里很穷,我没钱买书看,于是常常到有藏书的人家借书,自己再回家用笔抄下来。在天气很冷的时候,砚台里的墨都冻成了冰,手指冻得弯曲不了,即便如此我也不懈怠。抄完之后,我跑着把书送回去,不敢耽误一点时间。所以人们都愿意把书借给我,我也因此读了许多书。"这是在明代洪武十一年的应天(今南京),告老还乡的学士宋濂为了鼓励他的小同乡、太学生马君则,而特地为他写的一篇序文。

这篇文章就是后来名垂千古的《送东阳马生序》。宋濂将文章交给马君则,郑重地说:"君则,这个国家的未来与你们这些年轻的读书人息息相关啊!现在我把我过去

艰难求学的经历写下来送给你,是希望你能够以此激励自己,认真求学,希望你不要辜负我的一番心意呀!"马君则是一位好学多思的书生,今天好不容易见到了自己心中的偶像,自然不能放过这样的好机会。他问道:"宋先生,您过去都是如何延请老师的呢?"

宋濂笑了:"我家那样贫困,怎么还能有延请老师的银子呢?"

"那您是怎样向老师请教学问的呢?"

马君则的这个问题,将宋濂带回到自己年轻的时候。

20岁那年,宋濂还是每天孜孜不倦地抄书、读书,同村的年轻人都很敬佩他。有一天,邻居家的陈三对他说:

"宋濂,你这么爱学习,应该找一位有学问、德高望重的老师去请教才是呀!"

宋濂听了,心里一动。他当然想过这个问题,可是他到哪里去找老师指点呢?

陈三仿佛看出了他的心思,对宋濂说:"我听说,县城里的书生们常常向梦吉先生请教,只是我也不知道他们花了多少学费。不过,听说这位先生喜欢用功的学生,只要用功,不必花钱也能请教的。"

"真的吗?"宋濂一听,眼睛都亮了。

他赶紧起程前往县里,先找到了陈三的熟人石玉,石玉也准备向梦吉先生求学。

石玉家在县城大街旁,是一座十分气派的院落,石玉看宋濂穿着缀满补丁的布衣,有点轻视他:"这个穷小子,也想请教梦吉先生吗?"不过念在同是读书人的分上,他还是答应下次叫上宋濂,一起去找老师。宋濂欢天喜地地回家了,似乎完全不在意自己与石玉之间的贫富差距。

过了两天,宋濂正在家中闭门苦读,忽然听到院子里有人喊他的名字。宋濂打开吱呀作响的柴门,看到石玉和另外几个年轻人正站在院外。

"宋濂,收拾好东西跟我们走啊!"

宋濂等这一天等了很久了,他立刻背起早就打包好的行囊,兴冲冲地跑到院外,加入了石玉等人的队伍。石玉和他的伙伴们穿着都十分光鲜,他们腰上左侧佩着刀,右侧戴着香囊,身上是绫罗绸缎做成的衣服,脚上穿的是崭新的皮靴;只有宋濂,背上背着书袋,身上穿的是打了许多补丁的粗布衣服,但他的神情泰然自若,丝毫没有因为自己的穷困而感到自卑。

石玉对宋濂说:"梦吉先生住得离这里很远,大概有一百多里,你能坚持走过去吗?"说着他不经意地看了看宋濂脚上穿的用麻绳编成的草鞋。

宋濂坚定地说:"别说一百里地,就是二百里、三百里的路我也要去!"

于是一行人开始赶路。一路上,石玉和伙伴们说说笑笑,好不开心,宋濂却一直沉默着,一副若有所思的样子。

石玉说:"宋濂,你怎么不说话呢?"

宋濂过了半晌才答道:"我一直在心中默背《大学》,生怕一会儿先生考我,我答不上来。"

石玉愣住了,接着忍不住哈哈大笑:"你可真是书呆子啊!"他拍拍宋濂的肩膀:"不要紧张,梦吉先生虽然严厉,但还算通情达理,一两个问题答不上来,也没有什么关系的。"

宋濂笑了笑,没有说什么。

他们在山中赶了两日路,终于,到了第二天傍晚,转过一道山弯后,书生们看到前面有一片民居。"这里就是啦!"石玉兴高采烈地对宋濂说,"看,那栋青色的小楼就是梦吉先生的家!"

宋濂上前去轻轻叩门。"谁呀?"一位老妇人应声开门。"大娘,您好,我们是来拜见梦吉先生的。"大娘看了看书生们,抱歉地笑了,说:"各位相公,我家先生已经不收学生了。"

石玉着急了,冲到前面对大娘说:"大娘,您不认得我们了吗,我们原先常来向先生请教的!"

"这是先生的意思,我也没有办法……况且,今日先生有事外出了,现在也不在家。"

"啊——"书生们发出了懊恼的长叹声。宋濂心里更是失望,自己居然连见先生一面的福分都没有!

一行人只好沮丧地往回走。宋濂心想:"过几天,我还要再来碰碰运气。"

五天后的一大清早,宋濂来到石玉家。"我还想去梦吉先生家一趟。"石玉也有些动心,于是二人又找了上次同行的几位伙伴。伙伴们却说:"我们不想再去浪费时间了。"

"宋濂,咱们俩去!"石玉和宋濂又一次踏上了求学之路。到了梦吉先生家,他们看到小楼的窗户中透出昏黄的灯光。"想来是先生吃过了晚饭,正在书斋读书呢!"石玉兴奋地叫道,"这一次肯定能见到他了!"

不料,他们叩门后,大娘又一次出来迎接:"先生说了,今日他要专心读书,没有时间会客,二位相公还是请回吧。"

宋濂和石玉只能再次失望而归。石玉一路上不断抱怨:"这梦吉先生,性情真是古怪,我们虚心前来求教,他却如此不买账,真是岂有此理!反正以后我是不会再来了。"

宋濂可不这么想。转眼到了隆冬,他找人给石玉带了口信,约他一起再去梦吉先生家,但石玉拒绝了。于是宋濂独自一人踏上了求学之路。刚走出二里地,天色忽然阴沉下来。很快,空中飘起了鹅毛大雪。宋濂走的是崎岖的山路,下了大雪,山路更滑了。"啊!"忽然宋濂一脚踩空了,原来地面上有个大坑,因为落满了雪,从表面上看不出来,一不小心,就失足掉进了大坑之中。

"来人啊,救命啊!谁来帮帮我!"积雪直没宋濂的胸部,他挣扎了半天也没爬出来,胸部以下已经被冻得麻木了。就在他万念俱灰的时候,一位打柴归来的樵夫正好路过。

樵夫看到了他,连忙放下肩上的担子,跑到大坑旁边,将宋濂救了上来。

"小伙子,下这么大雪你这是要去哪儿?"樵夫一边帮宋濂拍打身上的积雪和泥土,一边问。"我要去拜访梦吉先生,向他求教。"

樵夫听了,说道:"哎呀,这可真巧,梦吉先生是我的远房表姐夫!只是听说他不再收徒了,你难道不知道吗?"

"我知道,但是我相信,只要坚持不懈地去求教,先生一定会教我的。"宋濂的眼神十分坚定。

樵夫哈哈大笑:"真是好样的,既然这么巧,我也得帮帮你才是啊!"宋濂露出了惊喜的笑容,樵夫接着说:"我这个表姐夫,平时最喜欢喝我酿的米酒。走,跟我到我家去取几坛,我跟你一块儿去他家!"

梦吉先生听了樵夫的描述,深受感动,同意收宋濂为学生。后来,宋濂又拜访了很多老师,最终学有所成,成为了一位闻名遐迩的大学问家。

我们在求学的道路上,也会遇到各种各样的挫折和困难,但无论如何,我们都应该坚持自己的梦想,寻找良师益友来进行自我提升,只有这样,才能够离理想越来越近,成为一个真正有用的人才。

宋濂 宋濂字景濂,号潜溪,别号玄真子、玄真道士、玄真遁叟。汉族,浦江(今浙江浦江县)人,元末明初文学家,曾被明太祖朱元璋誉为"开国文臣之首",学者称"太史公"。宋濂与高启、刘基并称为"明初诗文三大家"。他因长孙宋慎牵连胡惟庸党案而被流放茂州,途中病死于夔

州。他的代表作品有《送东阳马生序》《朱元璋奉天讨元北伐檄文》等。

❋ ❋ ❋

不知则问,不能则学,虽能不让,然后为德。闻之不见,虽博必谬;见之而不知,虽识不妄;知之而不行,虽敦必困。

——(战国)荀况

好(hǎo)读书与好(hào)读书

徐渭,又叫徐文长,他是明代嘉靖年间著名文学家、画家、书法家、军事家。据说他小时候特别聪明,6岁读书,9岁便能作文,10多岁时仿效汉代文学家扬雄的《解嘲》写了一篇《释毁》,轰动了全城。当地的绅士们称他为"神童"。20来岁时他与越中名士陈鹤、诸大绶等人相交往,被列为"越中十子"之一。后来又有人把他与解缙、杨慎放在一起,合称"明代三大才子"。

民间流传了许多赞美徐文长聪明的故事。据说年幼的徐文长在私塾读书时,老师看他聪明伶俐,有心要考验他。老师带着学生来到一条小河边,找来了两只大水桶,把徐文长叫来,让他拿着两只水桶去河对岸打水。这两只

水桶太大了,装满水大人拿着都费劲,更别提几岁大的孩子了。同学们觉得很奇怪,老师为什么出一个不可能完成的考题呢?徐文长想都没想,拿起水桶转身就上桥过河了,只见他把两只水桶放在桥两边的水里,用手牵着桶上的绳子,轻松地把水提过来了。同学们都从心底佩服徐文长。

虽然徐文长很聪明,但他读书从来不偷懒。他不仅自己读书肯下苦功,还经常劝身边的朋友,告诫他们从小就要用功读书。

徐文长后来成为一个有名的学者,有很多人请他去讲学。许多读书人听说他来了,都跑来想听一听这位远近闻名的大才子有什么独特的教诲。有人问:"到底是天赋重要,还是读书重要呢?"也有人问:"书是永远读不尽的,何不趁着年轻多出去做做事,闯荡闯荡,积累些社会经验,不是更好吗?"还有人问:"人的一生分几个阶段,每个阶段的读书是不是一样呢?应该如何区分,怎么样安排?"正在大家踊跃提问之际,学馆的主人捧出笔墨,想请徐文长为学馆写副对联作为纪念。徐文长沉吟了片刻,对大家说:"你们刚才问的问题都很好。我用一副对联来回答你们吧!希望你们能从中悟出读书与人生的道理。"

用一副对联就能回答所有人的问题？众人都怀着强烈的好奇心，围拢过来。此时，徐文长已经写完了上联："好读书，不好读书。"大家看后，面面相觑，不知其意；又觉得这句话实在太平常了，不过，或许下联会异峰突起，给人惊喜，也未可知啊！徐文长抬头环顾了一圈众人，他笑了笑，也不多说什么，埋下头，蘸饱笔，将下联一气写出："好读书，不好读书。"在场的很多人都愣了。这是什么对联？上联与下联完全一样！徐文长看着大家，把笔交还给学馆的主人。"写得不好，见笑，见笑！毕生心得皆在于此啊！"说完，徐文长扬长而去。

大家盯着对联看了半天，都不明白这副对联的含意。这时一直站在一旁沉思不语的学馆主人把对联高高挂起，清了清嗓子，高声说道："此联是告诫年轻人要刻苦读书啊！上联是说，一个人年少的时候，耳聪目明，精力充沛，时光大好，此时为好读书也；可惜有人不知读书的重要，只顾玩耍，不爱读书，这叫不好读书。下联是说，年老时方知读书重要，而好读书，却因耳聋眼花力不从心，不能好好读书！这个'好'字，一字两个读音，两重意思，交错相对，耐人寻味，就是这副对联的奇妙所在。"

众人听后，恍然大悟。这时有人不禁念起了唐朝书法

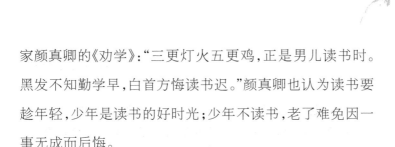

家颜真卿的《劝学》:"三更灯火五更鸡,正是男儿读书时。黑发不知勤学早,白首方悔读书迟。"颜真卿也认为读书要趁年轻,少年是读书的好时光;少年不读书,老了难免因一事无成而后悔。

有人提议,要把颜真卿的《劝学》与徐文长的对联并列,高高挂在学馆醒目的地方,激励在这里读书的年轻人勤奋用功,莫要荒废青春年少好时光。

每一个读书的年轻人都有自己的梦想,但梦想的实现不能凭空去想,而要扎扎实实地用功。年轻时代学习是很重要的,因为它可以打下坚实的基础。所以,我们把梦想与勤奋联系起来,就能够获得源源不断的力量。

哲人说:"如果你期望真正的生活,那就不要到遥远的地方,不要到财富和荣誉中去寻找,不要向别人乞求,不要向生活妥协,不要向苦难和困境低头,幸福和成功只能靠我们自己,自己的智慧,自己的勤奋,这种幸福和成功就是勤奋的恩惠,就是命运的赏赐。"

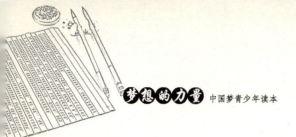

闻鸡起舞　闻鸡起舞原意为听到鸡叫就起来舞剑。传说东晋时期将领祖逖年轻时很有抱负,每次和好友刘琨谈论时局,总是慷慨激昂,满怀义愤,为了报效国家,他们在半夜一听到鸡鸣,就披衣起床,拔剑练武,刻苦锻炼。

❈ ❈ ❈

业精于勤,荒于嬉;行成于思,毁于随。

——(唐)韩愈

守护儿童创造力

陶行知是民国时期有名的大教育家。他的朋友们有了教育上的难题会经常向他请教,他也总是很有耐心地帮助他们。他好像有一种特殊的本领:总是能在孩子身上发现一些普通人看不到的东西。

一天,陶先生的朋友严女士来拜访他。这个朋友的儿子是个有名的小淘气,经常闯祸,让她头疼不已。

"今天又出什么状况啦?"陶先生一见严女士怒气未消的样子,就猜到了八九分。

"别提了!简直气死我了……陶先生,我这儿子也太不让人省心!再不教训他,真要把天翻个个儿呢!……刚才我实在忍不住狠狠地教训了他一下……"

陶先生惊异地问:"这么严重?贝贝很聪明啊,有时候淘气也要看原因的……"

严女士从怀里掏出一个纸袋递给陶先生。打开一看,里面是一块被拆得七零八碎的手表,镀金的表壳被打开了,玻璃破碎,秒针掉了下来。她生气地说:"这表是他生日时买的。原想着让他做事情守时间,养成有规律的生活习惯……他可倒好,这么贵的东西竟给拆了!这才七八岁,就敢拆表,将来大了恐怕连房子都敢拆呢!"

陶先生听后问道:"贝贝现在哪儿?""我把他锁在家里,让仆人看着呢。"陶先生收拾好被拆坏的表,拿起衣服,把手一挥:"走,解铃还须系铃人,我们去看看未来中国的爱迪生。"

快到家门口时,陶先生回过头来对严女士说:"我们约法三章好不好?等下见到贝贝,不要再责备他。他会告诉我们真实想法的……记住,或许这个未来的小'爱迪生'做的事会让你骄傲。"

孩子不在屋里,正一个人蹲在院子的大树下聚精会神地看着什么。等两人靠近了一看,原来他正在研究蚂蚁搬家。他看得非常认真,没有察觉身后有人。

"你知道蚂蚁从不迷路吗?"陶先生轻轻地问道。贝贝抬起头瞪大了眼睛,等着听答案。

"它们永远知道回家的路。不信？你看……"陶先生随手捡了一些碎石块和树枝,把蚂蚁搬家的一条"黑线"截成了好几段。开始,蚂蚁们乱作一团;但很快又恢复了线路,继续越过石块、树枝,朝目的地进发。"陶伯伯,这是为什么呀？您快告诉我吧。"

"因为它们有一颗恒心能够坚持啊。它们认准了方向后就不会随便改变,永远朝着自己的梦想前进。"

"蚂蚁真了不起!"

陶先生笑呵呵地拍拍手直起身来。"那你是不是也该向小蚂蚁学习啊？"陶先生把贝贝搀起来,笑嘻嘻地问,"你告诉伯伯,为什么要把妈妈买的新表拆开来呢？"

贝贝怯生生地望了妈妈一眼,低声说:"我听见表里有嘀嗒嘀嗒的声音,想拆开看看里面有什么东西,它为什么会响……"

陶先生说:"那你最后弄明白原因了吗？"

贝贝摇摇头:"我把表弄坏了……"

"那你想不想向小蚂蚁学习,一定要把手表会响的秘密弄明白？"贝贝像受了鼓励似的,使劲点点头。

"那我们走!"

"去哪儿？"

"给你找个能回答你疑问的老师啊!"

"老师在哪儿呢？"

"修表店……走喽！"

陶先生拿着那只坏表，带着贝贝和严女士一起到了一家钟表店。修表师傅看了看坏表，说要一元六角修理费。

陶先生说："价钱依你，但我有个要求，让这个孩子看着你修。他要是看不明白，你得给他解释，直到他听明白了为止。怎么样？"修表师傅答应了陶先生的要求。于是，贝贝站在旁边，满怀兴致地看着老师傅修表。看他怎样把表拆开，把零件一个个浸在药水里；又看他加油后，怎样把零件一个个装配起来。从头到尾，整整看了一个多小时。

贝贝看得特别仔细，脑袋里不停地冒出各种问题。只要他一抬头，就发现陶先生冲他点头，好像已经知道了他要提问似的，鼓励他随时"打断"老师傅的工作。老师傅很有耐心地解释着，等全部装好后，老师傅上了发条，这只刚才"无精打采"的坏表重新发出清脆的嘀嗒声。贝贝高兴地拍手欢叫："响了，响了，表修好喽！"

临走时陶先生又花一元钱买了一只旧钟，乐呵呵地把旧钟塞进了贝贝手里。"拿着，贝贝，给你带回去，你的任务就是学着刚才老师傅的样子把它拆了，再试试看，自己能不能把它重新装好！"

严女士不解地问："还让他拆啊？"

陶先生笑笑说:"你不是问我对这样的孩子该怎么办吗?我的办法就是,把孩子和表一起送到钟表铺,请修表师傅修理。这样钟表铺成了课堂,修表匠成了先生,令郎成了速成学生,修理费成了学费,孩子的好奇心就可得到满足,或许他还能学会修理呢。"

陶先生停顿了一下,接着说:"孩子拆表是因为好奇心,孩子的好奇心其实就是一种求知欲,原是有出息的表现。你打了他,不是把他的求知欲打掉了吗?与其不分青红皂白地打一顿,不如引导他去把事情做好,培养他的兴趣。我们的传统教育是不许孩子自己动手探索,动手就要打手心,这往往会摧毁他们刚刚萌芽的创造力与发现力。我们应该学习爱迪生的母亲,理解、宽容孩子,鼓励孩子动手动脑,这样,更多的'爱迪生'就不会被打跑、赶走了。"

陶行知善于和孩子们交流沟通,他能够以孩子的心去思考世间万物的新奇与可爱。如果一个孩子做错了什么,他首先想到的不是去责备,而是认真地分析一下他们做事的意图,然后再根据这个意图,去判断他们行动的意义,给出恰当的建议来修正他们做事时一些错误的方式。这样,既能为孩子实现自己的梦想提供有效的帮助,又能够使他们更愿意接受不同的意见,从而取得进步。

如果我们不知道他们的梦想，以一个成人的标准去衡量孩子的好奇心与创造力，就容易得出许多否定的结论。更可怕的是，从这些结论出发，利用大人的强势地位，强硬地纠正自己"看不惯"的孩子们经常易犯的诸多"错误"，那么孩子就会变得畏首畏尾，失去信心。渐渐地，他们会对自己的未来产生怀疑，他们的心灵也就失去了最大的快乐源泉。

孩子们有很多梦想。发现这些梦想是教育的第一步，如何守护这些梦想，是教育面临的更重要问题。

知识链接

解铃还须系铃人　"解铃还须系铃人"出自南京清凉山上的清凉寺。这句成语源自一个叫法灯的和尚。据记载，南唐时金陵清凉寺有一位泰钦法灯禅师，他性格豪放，平时不太拘守佛门戒规，寺内一般和尚都瞧不起他，唯独主持法眼禅师对他颇为器重。有一次，法眼在讲经说法时询问寺内众和尚："谁能够把系在老虎脖子上的金铃解下来？"大家再三思考，都回答不出来。这时法灯刚巧走过来，法眼又向他提出这个问题。法灯不假思索地答道："只有那个把金铃系到老虎脖子上面去的人，才能够把金铃解下来。"法眼听后,认为法灯颇能领悟佛教教义,便当众赞扬了他。后来这句话变成成语"解铃还须系铃人"而流传下来。

作为心智脂肪储备起来的知识并无用处,只有变成了心智肌肉才有用。

——[英]斯宾塞

闹中读出清静心

毛泽东酷爱读书,可是他一生倥偬,难得有时间安安静静地坐下来读书,他是怎么样把那些书读进去的呢?年轻时代的毛泽东很注意规划自己的未来,他似乎提前预料到了自己必将长期在"动荡"中寻求真理,这就需要他练就一套特殊的读书本领。

年轻时代的毛泽东就读于湖南省立第一师范,他感兴趣的科目有社会科学、文学、哲学等。上课时,他很用心地听讲,认真做笔记,把自己认为有用的东西都工整地记录下来,课余和自修时间也孜孜不倦地钻研。当时的湖南省立第一师范教学条件比较差,但一点也不影响他学习的热情。他经常组织学习小组、研讨班,和同学们进行学问上的探讨、切磋。

当时,学校里面有一些富贵人家的子弟,他们来学校并不是真的想要获得知识,仅仅是因为这所学校在社会上有较好的名声,进入这里可以使他们显得更有身份、更有地位,从而成为他们四处炫耀的资本;还有一些学生,因为家庭比较困难,千方百计地谋求进入第一师范,目的只是为了将来找一份好工作,得到达官贵人的赏识。这些不爱读书的人,不仅课上不好好学,平时在宿舍里也是吵吵闹闹,让那些想读书的人都读不好书。

毛泽东有一个朋友,平时读书很用功,但是他有一个"毛病":一定要周围特别安静才能读得进去,为此,他不得不四处"躲避"那些吵吵闹闹的人。可是他发现,想找一个安静的读书地方太难了。

眼看期末快到了,自己的学习效率越来越低,他非常着急,于是就去找毛泽东商量应付的办法。

"嗯,他们这样做确实不对。应该向教务长反映这些情况。不过……"

"不过什么?"

"不过,反过来说,这也说明你的抗干扰能力比较差,问题主要还是出在主观上,毕竟环境是外在的……"

"环境难道不重要吗?你想想'孟母三迁',不就是说明周围环境决定了一个人的成长吗?"

"环境是很重要,但是个人对环境的适应与改造更重要。我们看问题应该更辩证一些,'孟母三迁'的老故事虽然有一定的道理,但是我总觉得,一个人要是精力集中,心无旁骛,就能做到超然物外,不受任何干扰……"

"你说得容易!要找干扰,我看你可以去成章大街读书。把你这套理论试试用在自己身上,再来教训我吧。"

毛泽东是一个不服输的人,他也想检验一下自己的理论到底行不行得通。"那好,我明天就去成章大街!"

成章大街是当时长沙最繁荣的街道。两边铺户林立,街上"当当"电车来来回回,人群熙熙攘攘,大街上每天都跟过节似的人山人海。店铺里小伙计招呼客人的喊声;走街串巷的手工艺人的吆喝声;围着摆地摊的、练把式的看热闹的人不时爆发出震山响的叫好声。有人在打架;有人在争吵;有人在讨论;有人在闲聊;有人在问东问西;有人在说三道四。没有一个角落是安静的。毛泽东就是要在这里,试一试自己到底能不能读进去书。

第二天上午十点,店铺都陆续开张了,毛泽东已经坐在了街心那座石狮子像下面,手里捧着一本严复的《天演论》。他抬起头,拍了拍狮子雄壮的大腿,心想:"好兄弟,

往日你都孤单单的,今天我来陪你吧……你来给我做证,看看我毛泽东能不能说到做到!"就这样,他开始读了起来。

虽然人越来越多,各种声音凑在一起嗡嗡直响,但还算能够忍受。最叫人受不了的,是那种突如其来的声音,往往把人吓一大跳。毛泽东抬起头,看见一个大婶坐在自己对面的小杂货店门口,正手忙脚乱地哄婴儿。那婴儿今天情绪好像很不好,一个劲地号哭,大婶看见了正在读书的毛泽东,一脸歉意,那表情好像在说:"对不起啊,我这又得看孩子,又得守门店的,打扰您了……"

毛泽东笑了笑,向她善意地点点头,表示没有关系。"哎,要不我换个地方吧……婴儿可不好哄啊。"正当他站起身准备离开之际,又一转念:"我来这儿的目的不就是想看看自己的抗干扰能力吗?一个婴儿的哭声就把我吓走了,以后拿枪打仗的话,还怎么看书?对,留下!"他又重新坐好,好像给自己鼓劲似的,身子坐得更直了。很快,毛泽东就沉浸在书中的世界里了。

转眼天黑了,等到书上的字都变得模糊了,毛泽东才从书中"苏醒"过来。"啊,天黑了!……严复的书写得真不错。嗯,里面讲的社会进步的道理还有一两处没有完全

理解。手边没带笔,赶紧回去记下来,明天好向先生请教啊!走!"毛泽东霍地站了起来,"哟!居然真这样读了一天书啊!"想起今天来此读书的起因,连自己都笑了。举头看着已经安静的街面,人影稀少,各家店铺纷纷打烊。那位哄孩子的大婶也在收拾东西了。毛泽东向她微微颔首,转身消失在暮色中。

朋友早已在宿舍里等着毛泽东了。等毛泽东一踏进门,赶紧迎了上去。"润之,你真的坚持了一天?!你怎么这么拧,为了这么个赌,你还真叫劲!看,你的脸皮都快烤熟了!"

毛泽东拿起一碗水一饮而尽,擦了擦嘴角,哈哈一笑,"你错了!准确地说,我今天可不是为了打赌才去的。我也要试一试我的这些看法到底行不行得通。没有调查研究就没有发言权嘛……要说读书应该有个好环境也没错,但是不能因为没有好环境我们就不读书了啊,你说是不是这个理。所以,今天我是做实验去了。"

说着,毛泽东小心地从怀里拿出书放回书桌上。朋友瞟了一眼,惊叹道:"真有你的!你,你居然拿《天演论》去读啊!"

"是啊,我特意挑了这本难读的《天演论》。我想,不仅要去,还要真读。如果能把老师布置的这本书读进去了,才算真正的实验,否则糊弄的不是别人,是自己啊。"

"真有你的,润之!我就知道跟你打赌准难赢!"

"严格地说,我们谁都没赢谁都没输。关键是我们从中可以悟出一些道理:有些人不怎么读书,是因为他们把读书这件事看得过轻,觉得不读书没什么,所以他会找出种种理由不读。奇怪的是另一些人,他们不怎么读书是因为把读书这件事看得过重,觉得读书要郑重其事,要有很好的条件才成。譬如读书要有充足的时间、要有不受干扰的环境、要有良好的学习气氛,诸如此类。我认为,后一类人的理由,说出来其实和前一类人的理由差不多。不一样的,只是后一类人往往还期待着将来,他在心里对自己说,等到条件都完满的那一天,我一定会好好读书。这其实是自我欺骗。因为条件总是很难达到,不是这里不如意就是那儿不称心,永远没有完满的一天,所以结果也一样,总是不怎么读书。即使有,到时候还是会找出不能称心如意的地方。再说,一个人不好好念书,那么,任何时候任何地方都有不读书的理由:房间太冷、光线太强、声音太吵、蚊子太多,这样的抱怨不过是为自己开脱而已。有的人心情坏的时候不想读书,心情太好也不想读书,心情不好不坏时觉得没劲,还是不想读书。不想读书,一年四季都可以不读。"

"你说得对,不是有那句诗嘛:'春天不是读书天,夏日

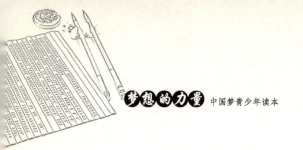

炎炎正好眠,过了秋天又冬至,收拾书箱过新年。'"朋友赞许地接过了毛泽东的话,"所以,读书的环境是个观念问题。读书的观念问题解决了,读书的地点问题也可以找到答案。没有最理想的读书大环境,也没有最理想的读书小环境。"

毛泽东哈哈一笑:"你总算明白了,一个人有读书的心境时,随便什么地方都可以读书。如果一个人知道读书的乐趣,无论在什么环境下都会读书。其实,读书不是一日之功,天天读则见识广;实践千日不嫌长,常常做则本领多。读书没有大小环境之分,也没有四时之别。古人云,'读书不择地,专精必有成'。古时候,有人把柴捆在背后,拿着书在手里读;有的骑在牛背上,将书挂在牛角上读;有的在蚊声如雷的夏夜,捉了萤火虫照着读;有的在寒风凛冽的冬夜,捧着书映着雪读。看似在这种环境中读书条件太差,也太苦了点,那么为何还孜孜不倦?道理很简单,兴趣使然。处处皆书香,时时可用功。"

就这样,两人你一言我一句地交谈开来,从读书说到了很远很远。

第二天,成章大街上又多了一个读书的身影……

知识链接

《天演论》 清朝末年,甲午海战的惨败,再次将中华民族推到了危亡的关头。此时,严复翻译了英国生物学家赫胥黎的《天演论》,并于1897年12月在天津出版的《国闻汇编》刊出。该书问世后产生了严复始料未及的巨大社会反响,维新派领袖康有为见此译稿后,发出"眼中未见有此等人"的赞叹,称严复"译《天演论》为中国西学第一者也"。

❊ ❊ ❊

道虽迩,不行不至,事虽小,不为不成。

——(战国)荀况

"不教"而教

近代著名教育家叶圣陶曾经说:"教的目的是为了不教,教学的最高境界就是不教。我们每个人从出生那一刻,就被长辈呵护关爱着。但是随着年龄的增长,我们变成独立的人,不能一辈子生活在长辈的庇荫之下。同样,当我们作为家长的时候,也不可能照顾孩子一辈子,不能代替孩子进行发明和创造。我们今天之所以费尽心力地教育孩子,目的就是要让孩子用自己的大脑面对人生,创造生活。"他强调:不教中有教,重言教更重身教。叶圣陶的教育梦想如同种子一样,撒播在孩子们身上后,慢慢地都能获得非常好的教育效果。

叶圣陶不仅将他的教育理念用于学校教育,也用于他

的家庭教育中。著名科幻作家、编辑叶至善从小便深受叶圣陶教育思想的影响。在回忆父亲叶圣陶对自己的教育时,叶至善说:"很小的时候,父亲就非常注重通过家庭生活中的琐事,培养我独立思考的能力,希望我能够自由地发展出属于自己的思想,并通过自己的思考,实现自己的想法,满足自己的兴趣。他告诫我们若只是迷信权威,便没有自己的创见。"

叶圣陶有3个孩子,身为作家的他并没有教授自己的孩子写作入门、写作方法之类的东西,而是每天要求孩子们一定要读书。读书的内容,他从不强制,全凭孩子个人的意愿,但是读了什么书,读到了什么内容,读懂了什么东西,一定要告诉他。除此之外,叶圣陶要求其子女每天写一点东西。至于写什么也不加任何限制,喜欢什么就写什么:花草虫鱼、路径山峦、放风筝、斗蟋蟀、听人唱戏、看人相骂……均可收于笔下。

吃罢晚饭,碗筷收拾过了,油灯移到桌子中央,叶圣陶就会戴起老花眼镜,坐下来改孩子们的文章。虽说是叶圣陶给孩子改文章,但他总是会说:"你们先来互相看一下其他人的作文,然后提出自己的修改意见。"3个孩子就说出自己的意见,叶圣陶总是先不做评判,点着头问他们:"那你们觉得这个地方该怎么改更好呢?"兄妹三人就会尽力地想出更好的修改方法,叽叽喳喳地说给父亲听。

有一次,叶至善写了一篇关于荷花的文章,其中写有这样一句:"诗情一缕芬芳在,莲花柔美映池塘。"叶圣陶让大家好好读一读这句话,然后说说自己的感想。首先,叶圣陶问叶至善:"至善,你觉得你这句话写得怎么样?"叶至善信心满满地回答说:"我对这句话很满意啊。"叶圣陶什么都没说,又问:"至美,你觉得哥哥这句话写得如何呢?"至美立刻回答:"前半句还不错,后半句还可以再修改。他之前已经写过莲花了,这个时候可以描写莲叶啊,也是很漂亮又不可缺少的。"听了至美的话,叶圣陶满意地点了点头,转身又问:"至诚,那你觉得呢?"至诚想了想,说:"我觉得姐姐说得对,应该写莲叶。不过,我觉得也要呼应前面那句'诗情一缕芬芳在',不能孤立了这句话。"叶圣陶又满意地点了点头,看了看至善,问:"听了弟弟妹妹们的意见,你现在有什么想法吗?"叶至善回答说:"那就改成'莲叶美丽映苍穹',怎么样?"弟弟和妹妹都认可地点了点头。叶圣陶笑了笑,跟3个孩子说:"那你们看,'莲叶'这个词可不可以换一个更好的词?还有,'映'字是不是有一些不恰当呢?"3个孩子都有点不明白,叶圣陶耐心地跟他们解

释:"莲叶是碧绿色的,像不像什么物品呢?你们都会怎么形容?"至美抢先答道:"像碧玉!"听了女儿的话,叶圣陶哈哈笑了起来:"对了,那把'莲叶'换成'玉叶'是不是更合适呢?"兄妹三人都认可地点了点头,至诚疑惑地问:"那'映'字可以怎么换呢?"叶圣陶见3个孩子都疑惑地望着他,他拿起笔写下一个"感"字,缓缓道来:"我们总是说,写文章的时候要用修辞,其实在句子里,也可以用修辞啊。'感'字,就将荷叶拟人化了,美丽的荷叶感受到天地的广阔。所以,这句话可以写成'诗情一缕芬芳在,玉叶美丽感苍穹',你们觉得呢?"兄妹三人都使劲地点了点头,认可了父亲的修改。就这样,通过一番讨论,叶圣陶带着3个孩子修改好文章,修订成了最终定稿。有的时候,遇到他看不明白的地方,还要问孩子们:"你们原本是怎么想的?究竟想清楚了没有?为什么表达不出来?怎样才能把要说的意思说明白?"每晚,他们都围坐桌前,激烈地讨论着。

叶至善回忆说:"我们兄妹三人一起跟父亲学写作,仿佛在进行一场竞赛,每个人都暗自憋着劲要超过其他人,多'吃'父亲的红圈。"正是在这样一种良好的学习氛围中,有指导,有点拨,有热烈讨论,有激烈竞赛,对兄妹三人的成长产生了很大的影响。

孩子们的文章发表多了,有人建议叶家兄妹不妨合起来出个集子。叶圣陶把要出版的文稿审读了一遍,剔去若干篇后题名《花萼集》。书名蕴含着叶圣陶的良苦用心:花萼,也作"华萼"。棠棣树之花,萼蒂两相依,有保护花瓣的作用,古人常用"花萼"比喻兄弟友爱。而兄妹三人也在这"不教"中,更加友爱彼此,逐渐学会独立思考。

叶圣陶对于子女的教育,除了"不教"之外,更注重言传身教。在抗战期间,叶圣陶写了一篇名为《两种习惯养成不得》的文章。文章分析了"不养成什么习惯"和"养成妨害他人的习惯"的危害性,指出"谁要立足在今后的世界上,谁就得深切记住,不要养成妨害他人的习惯"。叶圣陶认为,要想到别人是写东西的一条重要的守则,也是为人的一条重要的守则。叶圣陶律人律己,即使在一些细小的地方也会为别人着想。关于写文章,他认为交到印刷厂付排的稿子最先是给排字工人看的,应当为排字工人着想。他总是会想到哪些字是容易混淆的,哪些地方是容易疏忽的,尽可能协助排字工人避免差错。所以他自己写的稿子字迹清楚,标点醒目,格式分明。

对于自己的子女,叶圣陶更是注意时刻提醒他们要为他人着想。有一次,叶至善正在写作业,叶圣陶在旁边临

时要记录一个信息,就跟儿子说:"至善,麻烦递给我一支笔。"叶至善只顾着写作业,随手拿了一支笔看也没看便递给父亲,不想却将笔头递到了父亲的手中。叶圣陶让儿子停下手中的作业,把儿子叫到一旁,让他又递了一遍笔给自己。叶至善不知道父亲为什么这么做,只好听从要求又递了一次,这一次他注意到了,把笔的末端递给了父亲。叶圣陶点着头跟至善说:"这样就对了嘛。你递一样东西给人家,要想着人家接到了手方便不方便。你把笔头递过去,人家还要把它倒转来,倘若没有笔帽,还要弄人家一手墨水。刀剪一类物品更是这样,绝不可以拿刀口刀尖对着人家。这样对于他人来说,是很不礼貌的一件事情。"这个时候,叶至善才明白了父亲的用意。自此,每次给别人递东西,他都会十分注意,尽量为他人着想,尽可能最方便也最安全地把东西递到他人的手中。还有一件事情,叶至善也是记忆犹新。小的时候总是贪玩,有的时候出门着急常常关不好门就跑出去了。冬天的时候,门没有关好,就会有冷风灌进屋子。每当这个时候,叶圣陶就会说:"怕把尾巴夹着了吗?"说得次说多了,就不喊这么长的句子了。如果没有关好房门,叶至善好像总是能听到父亲在身后喊着"尾巴,尾巴"。渐渐地,叶至善记住出门的时候再着急也要关好房门，时间久了，也便养成了随手关门的好习惯。在生活中，叶圣陶以身作则，并反复告诫儿女们，使他们懂得：我是生活在人们中间的，在我以外，还有他人，要时时处处为他人着想。

叶圣陶是教育家，他的教育从家庭到学校，从自身到他人，都体现出他对于教育的认真态度。作为教育家，梦想便是能够把教育理念和方法传递给更多的人，叶圣陶从自己身边的家人和小细节一点一滴地做起，将教育理念慢慢地渗透到了生活中，把自己的梦想传递到身边的任何地方。

知识链接

叶圣陶　叶圣陶原名叶绍钧，字秉臣，辛亥革命后改字圣陶。汉族，江苏苏州人，著名作家、教育家、编辑家、文学出版家和社会活动家。曾当过10年的小学语文教师。解放后，叶圣陶曾担任出版总署副署长、人民教育出版社社长、教育部副部长。他是第五届全国人大常委委员、第五届全国政协常委委员、民进中央主席、第六届全国政协副主席。叶圣陶创作了我国第一部童话集《稻草人》(1923年)和中国现代文学史上第一部长篇小说《倪焕之》(1929

年)。其他作品还有:短篇小说集《隔膜》(1922年)《火灾》(1923年)《线下》(1925年)《城中》(1926年)《未厌集》(1928年)等。

❀ ❀ ❀

夫子循循然善诱人,博我以文,约我以礼,欲罢不能。

——(春秋)孔子

"险"处好读书

王亚南,中国现代著名的经济学家和教育家,也是第一位将马克思巨著《资本论》翻译、介绍到中国来的学者。他之所以能够取得这样伟大的成就,与其刻苦读书的习惯密切相关。

在武昌第一中学读书的时候,王亚南的室友小刘发现这位"书呆子"有一个奇怪的习惯:读书到深更半夜,疲惫不堪的王亚南往床上一倒,睡不了多久就会一个骨碌翻身下床,披上衣服走到书桌旁继续点灯看书。"这床有什么神力,只要往那上面一倒、一睡、一滚,就能令人精力充沛?"小刘暗中观察了小半年也没看出个究竟。

有一天中午,小刘回到宿舍取书。看到王亚南的床,他的好奇心又被挑起来了。小刘学着王亚南平时的样子,往这张床上一倒。"哎呀,我的妈呀!"不知怎的,床竟然向外侧倾斜,小刘猝不及防,被摔在了地上。"这——这是什么鬼床!"小刘揉着摔疼的屁股爬起来,仔细端详这张奇怪的床,只见有一根床腿儿比其他三根短了一大截。"噢!怪不得,这床根本就'站'不稳!所以人才会从床上滚下来。"小刘恍然大悟,紧接着更加糊涂了。他记得刚搬进这宿舍楼的时候,同学们都夸赞楼内设施虽不豪华,但一应俱全,床、衣柜、书桌都是全新的。怎么王亚南这么倒霉,睡了这样一张坏床;更怪的是,他明明睡不好,怎么也不上报学校换一张好床呢?

放学以后,王亚南抱着一堆书回来了,他看到小刘正小心翼翼地坐在自己的床上。"咦,小刘,你怎么坐我床上?"

"你的床有些古怪,我坐坐试试。"小刘努力调整屁股的位置,生怕再从王亚南的床上摔下来。他这副窘样逗得王亚南哈哈大笑。

小刘半开玩笑地说:"笑什么,我问你,你这床为什么'瘸'了?"

王亚南又笑了："哈哈，这是我自己锯的！"紧接着他又赶紧嘱咐小刘，"别告诉老师！毕业之前我会把它修好的。"

小刘有点懵了："你锯床腿儿干吗？"

王亚南把怀里的一摞书搁在书桌上，示意小刘让一下，然后"娴熟"地倒在床上又滚下来。

小刘哑然失笑："你不用给我演示，你每天晚上这么做的时候我都看见了。"

王亚南直起身，一本正经地说："这是我的'催人奋进床'，只要我躺上去、睡着了，稍微翻个身就一定会滚下来。这么一折腾，我又有了精神，可以起来继续读书啦！"小刘愣住了，过了好半天，既无奈又钦佩地摇摇头："唉，你可真是一块读书的料！"

好学成癖的王亚南后来顺理成章地成为优等生，考上了中华大学教育系。1927年，这位爱国书生投笔从戎，在长沙参加了北伐军；1928年，又因为种种机缘赴日留学。1933年回国后，王亚南参与了"福建事变"，因此遭到当局通缉。迫于无奈，他只得流亡欧洲。

即使是在颠沛流离的日子里，王亚南的"读书瘾"也丝毫不减，无论逃难的路多么艰难，他总是要随身带上

几本书。

按照逃亡的路线,王亚南要坐船经过阿拉伯半岛最南端,由此进入红海,再经苏伊士运河进入地中海,然后到达目的地欧洲。一路上,王亚南有时靠在墙上,有时坐在桌旁,有时蹲在角落里,只要他能够站稳、坐稳或蹲稳,一双眼睛都盯在书本上。同行的旅客大部分是外国人,看到这个奇怪的"中国书呆",都忍不住悄悄取笑他。

同船旅人中,有个叫詹姆斯的英国人,他是英国剑桥大学哲学专业的毕业生,平时很自负,一看到有人读书,就忍不住要上前去凑个热闹、调侃几句。

他第一次在船上遇见王亚南时,"米斯特王"正捧着一本砖头厚的书坐在餐厅的角落里、目不转睛地读着。"噢,你好,著名的米斯特王!"詹姆斯来到王亚南面前,坏笑着向他伸出右手,用英文跟他打招呼:"你在这条船上非常有名,很高兴认识你!"

王亚南只顾着看书,嘴里"啊啊"地敷衍了两声,把书从右手递到左手,然后伸出右手与詹姆斯的手相握。詹姆斯从来没有被别人这样怠慢过,顿时觉得有点尴尬。他瞅瞅王亚南手里的书——那是一本包了牛皮纸封皮的书,看不到书名。

"王,你在读什么书?"

王亚南头也不抬:"《国富论》。"

詹姆斯眼睛更亮了:"噢,亚当·斯密的《国富论》!"他故意顿了顿,加重了语气,"这是我们大不列颠的宝贵巨著!"

王亚南还是头也不抬:"嗯。"

詹姆斯用充满挑衅意味的语气说:"一个中国人,看我们英国人写的书,是不是受益匪浅?"

王亚南听了,抬起头来,厚厚的圆眼镜后面一双不大的眼睛炯炯有神。他坦然一笑,说:"是的。亚当·斯密是一位了不起的学者,他值得敬佩。"说完,他不再理会詹姆斯,继续专心地读书。詹姆斯讨了好大的没趣,讪讪走开了。当天晚上,他的朋友告诉他,那个书呆子"米斯特王"早在三年之前就将《国富论》翻译成中文,介绍到了中国。"听中国的学生们说,王的翻译水平很高。"朋友对詹姆斯说。

詹姆斯虽然有些傲慢自大,但也是一位崇尚知识、尊重学者的人。听了朋友的话,他不禁对自己先前浅薄无礼的行为感到深深的惭愧。一天,他看到王亚南站在甲板旁边避风的角落、借着天光看书,就主动走上去打招呼:

"王亚南,你好!上次我很抱歉,对你说了无礼的话,希望你原谅我。"说完,他再一次向王亚南伸出了右手,这一次伸手,比第一次要真诚百倍。

王亚南抬起头,看着詹姆斯,笑了,也伸出了自己的右手:"没关系!"

从此,二人成了莫逆之交。

客船行驶到了红海之上。这天,海上风浪很大,轮船在风雨中不停摇摆。

詹姆斯扶着桌子坐在椅子上,船里的其他乘客也都被摇晃得脸色铁青。这时,王亚南左臂下夹着书、右手拿着根绳子跑过来,他把绳子递给詹姆斯:"帮我个忙!"

"什么?"

"把我绑在那儿!"王亚南指向旁边一根柱子。

詹姆斯心想,你这呆子也有晕船晕得不行的时候啊,现在不看书了?他跟着王亚南一起摇摇晃晃地走向柱子,费劲地把王亚南牢牢地捆在了柱子上。谁知道,詹姆斯刚捆好,王亚南就迫不及待地翻开了手中的书,津津有味地继续读下去。

直到很多年以后,詹姆斯依然无法忘记王亚南这位中国老友"绑柱读书"时的情景。他每每想起此事,都觉得又好笑又感慨:"那时我们西方人都瞧不起中国人,直到认识了王亚南,我才发现中国的知识分子是这么值得敬佩,我们以前的想法是多么狭隘无知!"

1934年初,王亚南先后前往德国和英国考察,研究西欧资本主义制度,并继续经济学方面的写作。后来,他几经周折回到了祖国,1938年与郭大力合作翻译出了《资本论》,在其后的岁月里为祖国的经济学高等教育做出了极大的贡献。也许"在外国人面前扬眉吐气"并非王亚南的刻意追求,但他在读书上的勤勉、在治学上的严谨,都对推动中国经济学的发展、推动中华民族的自强与复兴起到了不可忽视的作用。中国人的梦想,就是要以这样坚韧不拔、排除万难的精神作为支撑。

《国富论》 《国富论》是苏格兰经济学家、哲学家亚当·斯密的一本经济学专著。这本专著的全名为《国民财富的性质和原因的研究》(An Inquiry into the Nature and Causes of the Wealth of Nations)。这本专著的第一个中文译本是翻译家严复的《原富》。在书中,亚当·斯密认为国民财富产生主要取决于两个因素:一是劳动力的技术、技巧和判断力,二是劳动力和总人口的比例。被誉为西方经济界的《圣经》。书中许多观点为马克思批判吸收。

※ ※ ※

人的天才只是火花,要想使它成熊熊火焰,那就只有学习!学习!

——[苏联]高尔基

水比石头"硬"三分

浙江宁波鄞县塘溪镇童村是童第周的家乡,这是一个山清水秀,人才辈出的地方。童第周的父亲是村里的私塾先生,在这个小山村里,他家还称得上"书香门第"。童第周小时候好奇心强,脑子里好像装满了"为什么"。一天,他发现屋檐下的石板上整整齐齐地排列着一行手指头大的小坑。咦,这是谁凿的呢?凿这一排小坑有什么用呢?他把父亲从屋里拉出来接连问了几个为什么。父亲一看笑着说:"小傻瓜,这些坑不是人凿的,是檐头水滴出来的!"童第周不相信,把小脑袋一歪:"爸爸骗人!檐头水滴在头上一点不疼,它怎么能在那么硬的石板上敲出坑来?"听了儿子的追问,父亲点了点头,疼爱地拍了拍他的小脑袋:"这个问题问得好啊!我们都觉得石头要比水硬,一滴

水的力量简直是微不足道。但是,爸爸告诉你,有的时候,水会比石头硬三分呢!小第,你想知道为什么吗?"童第周迫不及待地等着父亲说出"惊人"的答案。"道理很简单。不过,要由你自己去获取。你看现在天阴沉沉的,等会儿就有大雨了。你自己去找答案,好不好?"

童第周赶紧从屋里搬出一张小板凳,坐在廊沿下,举头望着灰色的天空,祈祷着大雨早些下来,又不时地低头研究着那些成排的小坑,想象着它们的形成过程。难道小水滴真有那么神奇的力量吗?为什么我平时没有察觉呢?想着想着,突然有东西落在了他的小脸上:不知什么时候,雨终于落下来了。

雨下得很大,成串的雨滴像是从天而降的珠玉前赴后继地直冲下来,一头碰碎在白净的石板地上,发出清脆的声响。这么大的声音,一定有很大的力量吧,童第周探头看去,地上除了四散的水珠外,什么也没有留下。为什么爸爸说它们有神奇的力量呢?它们只是样子看上去很凶而已,真正到了最后,就露出了真面目,在安静的石头面前败下阵来。

过了一会儿,大雨慢慢变小了,院子里仿佛正在恢复往日的宁静。童第周感到有些失望,看了半天的雨,小石坑的秘密还是没有揭开。正当他百思不得其解之际，耳边响起了滴答滴答的声音。原来屋檐上的水正一滴一滴地滴在石板上。再仔细一看，成排的水链正好齐齐落在屋檐下的水坑里。怎么会这么准呢？难道水坑是这些积水滴出来的？

"你听那叮叮咚咚的水声，多么悦耳，好像在告诉我们什么秘密似的。"爸爸不知何时站在了身后，拍了拍小童第周的肩膀。

"爸爸，难道是小水滴制造的这些坑吗？它们怎么做到的呢……"

"是啊，小小的水滴没有多少力量，可是它们贵在坚持。它们虽然看上去那么脆弱，那么缓慢，和大暴雨比起来显得十分弱小，可是它们顽强，把力量集中在一个地方，这样总有一天能做到'水滴石穿'！你说是不是这个道理呢？"

"爸爸，我明白了。做人也一样，只要有持之以恒的毅力，那么就没有实现不了的愿望，对吗？"父亲满意地看着儿子，觉得儿子突然之间好像长大了不少。

少年时代的童第周有个梦想，那就是进入当时宁波第一流的中学——效实中学读书。效实中学是当时宁波的

名校,毕业生一般都能考进大学。许多达官贵人,都以自己的孩子在效头中学就读为荣。效实中学对英语要求很高,还十分重视数理基础,而这几门课恰恰是童第周的薄弱之处,因为之前他只在私塾里学过一点文史知识,没有一点数理方面的基础,所以童第周学习起来非常吃力,但他并不气馁。每当他有些泄气的时候,爸爸带他看水滴的情景就浮现在眼前,那些跳跃的水滴就像打在了他身上一样,让他觉得充满了力量。小水滴能做到的事,我为什么做不到呢?他开始自学英语,常常学到深夜。后来,小童第周终于考取效实中学,成为三年级的插班生,可是考进去时,他的成绩全班倒数第一。面对成绩单,小童第周流下了伤心的泪水……

一天深夜,教数学的陈老师办完事情回到学校,发现在昏黄的路灯下有个瘦小的身影在晃动,陈老师想:"深更半夜的,谁还不回寝室就寝呢?"陈老师带着疑问走过去一看,原来是童第周正在借着路灯的灯光演算习题。

"童第周啊,这么晚了你怎么还不回寝室休息呢?明天再做题吧。"

"陈老师,谢谢您,我不困。我想抓紧时间把功课赶上去。明天还有新的题目要做。"

"那你也不用站在路灯下做题呀。宿舍里不是有灯吗？有不会的还可以问问同学啊。"

"我怕打扰别人休息。我底子差，理解慢，所以做题也慢……"

老师接过童第周的练习题翻了翻："哦，慢啊……你这些题，不是已经做出来了吗？这些，你又重复演算一遍，为什么要多此一举呢？"

"陈老师，我想多用一些方法来演算它们，这样是不是就能掌握得更深更好呢？就像……就像屋檐上的小水滴一样，一串一串的，每串水滴各不相同，但又滴向同一个方向，它们共同滴打出一个水坑……水坑越来越深，越来越大，就好像这些题目能够变化一样，我觉得有时候做着做着，一个题目似乎能变化出两三个新的题目来。"

陈老师觉得童第周的话特别有趣，他微笑着问："这是你自己总结出来的道理吗？""嗯，小时候爸爸带着我看屋檐滴水，爸爸说做人做事应该向小水滴学习。我把这个作为自己的座右铭。现在我是全班倒数第一名，我更要努力，否则，我还不如那些能够把石板滴出小坑的水滴呢！"童第周的话很简单，却很有哲理。陈老师顿时觉得这个平凡又瘦小的身躯里蕴含着某种巨大的能量。他轻轻地拍

了拍童第周的肩膀:"你有这样的恒心,不怕实现不了你的目标。老师相信你。这样吧,今晚到此为止。明天早操时,你还来这儿吧,咱们一块来研究'砸出小坑'的新方法,好吗?""真的啊!谢谢老师!那我现在回去休息了!"

陈老师看着童第周消失在夜色中的身影,心中多了几分使命感。他知道这个孩子年龄小,基础弱,来学校时被很多人不看好。看来,大家都错了!小小的童第周会给大家一个惊喜!

期末考试到了,童第周又成了全校关注的对象。他终于靠自己刻苦的努力,各科成绩都达到了70分,几何甚至得了满分。这件"惊天大逆转"的事迅速引起了全校的轰动。校长陈夏常无限感慨地说:"我当了多年校长,从来没有看到过进步这么快的学生!"这件事,还吸引了报社媒体的关注,记者纷纷赶来采访,他们要好好地报道一下这个小神童的事迹。后来,童第周回忆自己童年的时候感慨地说:"在效实的两个'第一',对我一生有很大影响。那件事使我知道自己并不比别人笨,别人能做到的,我经过努力也一定能做到。世上没有天才,天才是用劳动换来的。"

"小水滴"终于汇成了"大水波"。童第周一步一"坑"的努力,终于成全了他的梦想,使他成为我国近代史上非常著名的科学家,卓越的实验胚胎学家。

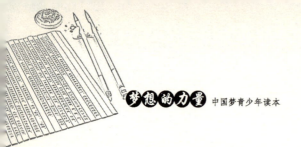

知识链接

滴水穿石 水不断下滴,可以凿穿石头。比喻只要有恒心,不断努力,事情一定可以成功。这个成语出自《汉书·枚乘传》。

❋ ❋ ❋

对真理和知识的追求并为之奋斗,是人的最高品质之一。

——[美]爱因斯坦

32年援疆教育梦

一个人拥有梦想不难,但是让这个梦想驻在心中几十年,却未必是每一个人都做得到的事情。

老教师姚明,手中正拿着一份当天的晚报,晚报头版的大标题是:《教育公平当务之急是让薄弱学校有好老师》。姚明戴上老花镜,认真地读起了报纸。"解决教育公平的问题,最大的困难和挑战,也是当务之急,就是教师的问题,就是让农村、薄弱学校拥有好的老师。"姚明认可地点了点头,从事了几十年教育工作的他,觉得2013年两会上提出的"进一步促进教育公平"是一件十分必要的事情。姚明抬头看了看放在写字台上的照片,照片中是他和一群穿着新疆民族服装的孩子们。思绪好像又跟着那鲜艳耀眼的服装飘飞回到了2010年。

当2010年新一轮援疆序幕拉开的那一刻,时年55岁的南通中学教师姚明心中的那根弦再次绷紧了——"这是我人生最后一次圆梦的机会,我要去援疆。"32年前,大学毕业、风华正茂的姚明便向组织提出到新疆奎屯任教的申请,可因为身体原因,援疆支教的梦想未能如愿。如今,32年过去了,他即将告别教坛,心心念念了32年的梦想,又一次催促他递交了自己的援疆申请。可是学校考虑到,姚明是学校资历很深的老教师,带着高三年级的课程,同时,又考虑到他年龄大、身体不好,所以拒绝了姚明的申请。这一次的拒绝并没有阻挡姚明圆梦的期望,姚明跟自己的爱人说:"这是我当教师的最后一年了,我一定要把这32年来的梦想实现。"看着自己的丈夫如此坚决,姚明的妻子陪着丈夫一起,到学校向校长表达了赴疆的决心,看着两位年过半百的老夫妻俩如此坚决,校长当即同意了姚明赴疆的申请。从校长办公室走出来的姚明,高兴得像个孩子。

姚明的援疆学校是伊宁县第二中学,任教学科是高三(9)班的语文。作为一名特级教师、教学"老手",他深知透彻了解伊宁教育现状和执教班学生情况的重要性。为了了解伊宁二中教师的教学状况,在承担高三年级繁重的教学任务的同时,他坚持深入课堂听二中教师的课,只要自

己没有课的时候,他就搬一张凳子,带着一个黑色的笔记本,挨个教室听课,每节课下来,他的本子上都密密麻麻地记了很多的笔记。有学生亲切地唤他"旁听生",课堂上他比学生还认真刻苦。不到一年,姚明听的课多达30多节,每周四下午大扫除的时间,姚明就跟不同的任课老师沟通,把他对课上的意见和建议说与每一位老师听。

"教育是爱的教育,亲其师才能信其道。"这是姚明任教几十年的观点,也是他一直努力坚持去做的事情。来到新疆地区,为了融入任教班级,他利用一切机会与学生接触、磨合,了解这些少数民族孩子的习惯,并且努力和他们沟通。在姚明到达学校不到一个月的时间里,他就记住了班里50多名学生的名字,学生们都觉得这个老师有过目不忘的本领。其实,姚明为了记住学生的名字并能对号入座,每晚回到住处,他就打开专门从学校要来的全班同学的个人信息表,一个一个对照着照片记名字,并且记住这个学生的优点和缺点,以便在课堂上能够让每一个人都达到最好的学习效果。50多个学生信息,姚明每晚都要认认真真地看一遍。这样,姚明老师成了孩子们眼中的魔术师,维吾尔族女孩里他能分清哪个是阿迪兰木、哪个是阿然兰木,汉族同学中他能辨出哪个是何岭、哪个是何萍。

姚明的援疆支教生活就从孩子们崇拜的目光中开始

了,他打心底感到幸福。32年的梦想,到如今实现并不晚。然而,岁月不饶人,半百已过的姚明是援疆教师队伍里年龄最大的一位,入疆的第二天,姚明的身体就开始有各种不良反应。他的小腿肿胀到以往贴身的裤子都提不上来,肠胃的不适使他整张脸都没了血色,其他老师都劝他歇歇,他却说:"我等了32年,现在却一刻都不能等了,也不能让孩子们等着。"入疆的第二周,学校领导和教师便急切地请他上一节公开课。深思熟虑后,姚明选择了高二的选修课程《唐诗宋词选读》中北宋婉约词赏析作为教学内容。为了这堂公开课,有空闲的时间,姚明就认真地重新阅读古诗,为课堂做着准备。一天中午,其他的老师都在午休,姚明一个人坐在桌前埋头备课。这个时候,随队的组长张老师进来悄悄把姚明老师叫到了楼道里。

"姚老师,刚才我接到校长的电话,说您爱人不小心摔了一跤,右胳膊骨折了,考虑到您的身体和家里的情况,校长让我找人送您回去。"张老师跟姚明说。

"我先给我爱人打个电话吧!"张老师从姚明的眼中看到一丝深深的担忧。

姚明给家中打过电话以后,跟张老师坚定地说:"麻烦您跟校长说一声,这次援疆是我自愿申请的,我不能因为我的个人原因,就中途退出。"

"可是,您爱人她……"张老师担忧地说。

"我爱人说,让我踏踏实实在这里工作,不用担心。"姚明语气笃定又带着几分动容。就这样,姚明带着病痛和对家人的担忧,留在这大雪纷飞的新疆,为了这群纯朴的孩子,为了自己几十年的情结。公开课的那天,教室里坐得满满当当的,姚明从柳永讲到欧阳修又讲到晏殊,他的课堂既有教学预设,又有学生的随机生成,古老的文化、华美的语言、优美的意境,醉了听课的师生,醉了窗外的飞雪。站在讲台上口吐莲花的姚明,好像又回到了几十年前大学刚毕业时的风华正茂,在三尺讲台上,舞动着自己的精彩人生。

家有一老,如有一宝,在伊宁县第二中学,姚明老师就是个"宝物"。为充分发挥他在教育援疆中的示范作用,"特级教师姚明工作室"成立了。于是,莽莽天山下,升起了一道教育援疆的彩虹。他举办公开课,组织学术沙龙,实施"青蓝工程",综合提升伊宁二中教师的整体教学水平;他以课程改革引领教育援疆,以教育科研提升教育品位。作文教学是语文教学中的重要组成部分,为强化作文教学,姚明专门编写了《作文教学辅导》,并多次举办讲座。为迎接进疆后的第一个高考,在寒假回家期间,他专门编写了《高考作文复习导学案》；高考前夕，又走进伊宁电视台，为全市学生做高考复习指导……就这样，"姚明工作室"成为了享誉天山的教育援疆品牌。

学生们说他是个魔幻的老头，老师们说他是敬业的模范，他却说，我只是一名人民教师。2011年7月1日《中国教育报》刊发的"七一"感言中，作为援疆代表，姚明道出了这样的心声："入党35年，党培养我免费读大学，成为特级教师、劳动模范。现在，党需要我奔赴天山北麓参加教育援疆，我们一家三代都以为党旗增光添彩为荣！"

梦想没有大小之分，梦想没有时间之限，梦想在每个人心中。姚明用32年，实现了梦想，证明了梦想的力量，同时也传递了梦想。他用行动号召了其他教师奔赴经济落后地区为教育事业尽自己的一份力量，他只道自己是一名教师，要教书育人，却在不经意间，为教育公平做出了表率。

32年援疆梦，带给了更多的孩子梦想的力量。

婉约派 婉约派为中国宋词流派。婉约,即婉转含蓄。其特点主要是内容侧重儿女风情,结构深细缜密,音律婉转和谐,语言圆润清丽,有一种柔婉之美。婉约派的代表人物有李煜、柳永、晏殊、欧阳修、秦观、周邦彦、李清照等。

❈ ❈ ❈

九层之台,起于累土;千里之行,始于足下。

——(春秋)老子

请把我的歌带回你的家

　　播撒理想的种子,我们精心培养,灌溉未来的希望,忠于使命,忠于理想。扬起梦想的风帆,我们乘风起航,怀揣着远方梦想,坚持理想希望。远方传来书声琅琅,带着殷殷希望,勇敢向前方风浪,绝不低头绝不退让。手牵手沐浴阳光,肩并肩走向辉煌。用青春撰写篇章,用汗水托起朝阳。

　　这是一首歌的歌词。歌的名字叫《阳光希望》,歌的词曲作者叫王家文。当年,她在读书时创作这首歌,心里涌动的理想还比较朦胧。歌声里她想要最大地实现自己的人生价值,但是,实现的方式还不明确。直到毕业,在面对

人生第一次重大的选择时,她所歌唱的梦想才和她的命运紧紧地结合在一起:走向西部,离开家乡河北,来到甘肃省天祝藏族自治县支教。

学校分配给王家文高一10个班级的音乐课。让一个刚刚毕业的学生挑起这么一副担子,确实很沉很重。但是王家文没有犹豫。她想自己在读书时也经常在外面带课,有过一些课堂经验;课下自己多准备准备,应该没有问题。

第一天走进课堂时,王家文才发现原来情况并不像自己想象的那样。来到一个贫困的少数民族地区支教,一般人脑海里往往立刻浮现出希望工程经常报道的那些画面:一双双渴望读书的大眼睛,一张张渴求知识的小脸蛋;老师被孩子们簇拥着,提问着;四处都是其乐融融的笑脸啊,送来的礼物啊……但是,她所看到的却是一个闹哄哄的课堂。孩子们有的在教室里翻滚、打闹,有的把脚放在课桌上;有的用少数民族语言大喊大叫。眼睛里透露出来的是野性与难以驯服的神态。看到这情景,王家文一下子不知道这课该如何开场了。

不知道怎么说,那就唱吧!

　　　三乃哎月咿里来咿哎是哎清哎明哎哪咿呀呼嗨。姐姐那个妹妹去踏青哪啊哈,捎带着放哎风筝呀嘛哪咿呀呼嗨呼嗨。嗯哎哪咿呀呼嗨呼嗨。捎带着放呀风筝呀嘛哪咿呀呼嗨呼嗨。

她这一唱，刚才还闹哄哄的课堂马上安静下来，所有人都齐刷刷地盯着她。"有谁知道这是什么民歌？能答上来的有奖啊！""老师，只听到咿啊呀的，啥都没听明白啊。"话音刚落，底下哄堂大笑。"那我再唱一首，认真听啊！"

……别人的性命是框金又包银（包银）别人的性命是镶金又包银，阮的性命不值钱（不值钱）俺的性命不值钱。

"哎呀，老师快别唱了，我耳朵都被唱软喽！……老师您来段咱们藏族的歌曲吧！"这正中了王家文的下怀，来青海之前，她可是好好地恶补了一下藏族民歌的，正要施展施展。她也不客气，冲着"叫板"的同学点点头，清了清嗓子，意思是大家都安静安静，于是唱了起来：

东边的草地上哟次仁拉索，姑娘仁增旺姆次仁拉索。姑娘仁增旺姆次仁拉索。心地善良贤惠次仁拉索。姑娘，姑娘仁增旺姆姑娘仁增旺姆，次仁拉索。

这首《在那草地上》，因为电影《红河谷》而广为流传，特别感人，王家文情不自禁地想起电影里宁静举着酒碗的画面，唱得越发高亢深情，底下同学们也不由得站了起来和她一起合唱。有人带了头，就有越来越多的同学加入了进来，课堂上歌声嘹亮，气氛热烈而愉快。当王家文唱完最后一句，停顿了几秒后，同学中爆发出热烈的欢呼声。

"大家好。请大家坐下吧。我来自我介绍一下，我叫王家文。刚才我唱了3首民歌，除了第3首是来自西藏，另外两首来自一南一北。那首咿啊呀的是来自我的家乡河北，歌名叫《放风筝》；另一首来自闽南，它叫《金包银》。这个学期我来和大家一起上音乐课，欢迎大家通过音乐了解我，同时了解我们有那么多美丽歌曲的祖国！"

第一堂课上得这样"轰轰烈烈"，给了很多同学惊喜。大家对这位年纪轻轻充满了活力的大姐姐一样的老师充满了各种期待。而王家文课后回忆起来，感到心跳不已。这是一个无法想象又无法预料的开始，一切都没有按照事先准备的"脚本"去进行，一切都发生得那样突然那样快。她感受到了未来的挑战。"原来按部就班的上课方式看来得变一变呢。现在的孩子想法多，思维快；他们不时地会有各种新奇的要求,要满足他们的渴望才有可能调动他们的积极性啊!"王家文觉得这开学第一课不像是她给同学们上的,倒像是同学们给她自己上了一课。她给自己暗暗地定下了一个目标:把自己的课上好,上得生动,能让学生们喜欢。

王家文觉得,音乐不应该只是一门课,而应该融入学生们的生活。她发现,要想让学生们真正学习音乐,只利用课堂时间是远远不够的,还要寻找更多的途径让他们有机会感受音乐,感受音乐对生活的影响。很多学生来自少数民族地区,对本民族的歌曲都较有感情。王家文就利用这一点,来启发他们,鼓励他们把民歌与它所反映的生活联系起来。同时,又帮助他们广泛地比较不同地域民歌的特色,开阔视野。

学校里有一个艺术特长班,王家文教他们视唱练耳听音课。因为班里的学生来自不同年级,所以水平也就参差不齐。尤其是来自高三的学生,刚开始跟他们接触的时候已经离专业测试很近了,可是有的学生的水平还相当于初级。王家文特别着急,于是,她利用中午或放假的时间,带着他们反复练习。慢慢地,他们掌握了正确的方法,成绩

也有了很大提高。

除了正常的音乐课和艺术特长班的教学任务之外,王家文还利用业余时间教学生们学习民族器乐,她认为,器乐的学习也是提高学生音乐素质的一种很有效的途径。于是她经常在课上增加有关民族器乐音乐的欣赏,二胡、琵琶、笛子、葫芦丝等乐器,她都会进行现场示范。每一次的讲课王家文都提前做好充分准备,写教案、背课、听课、记录、查找资料,不断地提升自己。

在教学过程中,王家文发现,音乐这门课程一直深受学生们的喜爱,因为在紧张学习的同时,音乐可以放松他们的精神,减轻他们的学习压力。于是她向学校申请组织各种文艺演出和歌咏比赛,来增强校园的艺术氛围、培养学生的艺术素质和提高学生的参与性。她首先进行积极的宣传,然后让大家踊跃报名。找来一批音乐骨干,组织大家排练。由于教的班级较多、任务较重,上完了一天的课之后,常常嗓子哑得说不出话来,可是她还在操场上指导学生排练。她说:"看着学生们的进步,好像什么累啊痛的都不重要了。"从挑选曲目,到准备服装;从人员分工,到总体设计,她都亲力亲为。终于汇报演出开始了。那一

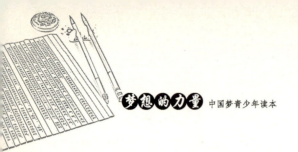

天,台下不光坐着学校的领导,听说县里的领导也来观摩了。一直站在后台指挥的她,比站在前台演出的演员还要紧张。直到大幕落下,观众席上雷鸣般的掌声也没把她从成功的喜悦中唤醒。

天祝一中大部分学生都是来自农村的孩子,家庭条件普遍很贫困,能到县里最好的高中学习,已经非常难得,他们以前基本没有受过音乐方面的培训,音乐素养不高,王家文了解到这些,就想尽力去改善这种现状,让他们知道音乐的世界有多么美妙。2011年元旦,学校在礼堂举办了每年一次的元旦晚会,王家文加班加点,为几个班级的学生编排了节目,斟酌剧本、认真排练,编排出来的节目受到了老师和同学们的一致好评。看着学生们尽情施展才能,张扬个性,从平日紧张的学习压力中解放出来露出的笑脸,王家文泪水顺着上扬的嘴角悄悄滑落。她的音乐梦想,此刻已经在大西北——遥远的甘肃扎了根,相信在不久的将来,这美丽的音乐梦想一定会在青春的浇灌下绽放最绚丽的花……

《红河谷》 《红河谷》是由上海电影制片厂摄制于1996年,冯小宁执导,是其"战争与和平三部曲"的第一部。主要剧情:19世纪中叶,青藏高原的雪山峡谷中一支英国探险队遇险,年轻记者琼斯与罗克曼少校被雪儿姑娘和格桑救出。两个英国人被当地人视为魔鬼,在即将被处死之时,格桑冉次救了他们。后来罗克曼回国,琼斯留在西藏疗养。琼斯回国后,向罗克曼讲起了神秘的西藏。罗克曼为西藏所吸引,率英国远征军东征,并邀琼斯带路。当黑色的炮口出现在藏民面前时,格桑用罗克曼送的打火机点燃了复仇的烈火,成千上万的藏民从血泊中拿起了弓箭、猎枪,奋力抵抗侵略者,鲜血染红了河谷……

❈ ❈ ❈

爱就是充实了的生命,正如盛满了酒的酒杯。

——[印度]泰戈尔

"一个",也不算少

从前有座山,山里有个学校,学校里有个老师和一个学生——听上去这像一个故事,但它确实是真的。这里偏僻安静,举目望去,四面环山,只有当这所双山子村唯一的小学打铃时,才让人感到几分生气。

双山子小学并不是一直以来都这样安静,这里曾经有一百多名学生,十几位老师坚守。那时期,它是整个山村最充满希望的地方。虽然这所山村小学位置并不理想,坐落在弯弯曲曲的盘山路的尽头,一条上山的泥路非常不好走;虽然在这里工作,老师们收入微薄,经常几个月工资发不下来;虽然这里自然环境恶劣,缺水缺电是常有的事,但是只要有孩子们在,老师们就继续坚守下去。他们为山村孩子甘守清贫,无怨无悔。

可是,近些年,随着一些新情况的出现,社会环境的变化,双山子小学陷入了危机当中。首先,村里的年轻人越来越多地走出了大山,他们开始去外地生活,把孩子也带走了;有些家长不愿意孩子们爬这十几里的盘山路,大家凑钱把孩子送到附近村里的小学去读书;还有的家长觉得孩子不用读太多书,能够应付出门打工就行了。于是,这里的学生逐年减少。老师们看在眼里,急在心里,努力挽留,但还是无济于事。许多老师只得联系别村的学校,或者干脆放弃乡村教师的职业。到了 2008 年,双山子小学只剩下十二名学生和张宝华与妻子崔国华两位教师。2010 年,张宝华的妻子也被调往别的学校。临走时,妻子劝他和自己一起转走。可是张宝华觉得,总要有人留下来。只要学校不关闭,只要这里还有孩子愿意来,只要有人坚持,任何事情都会有转机。而且,他在这里教书已经三十年了,和这块洒下了他太多汗水与心血的土地有着深厚的感情。不到万不得已他不能轻易放弃。哪怕只有一名学生,那也是这个学校的学生,他就要尽到老师的责任。

2012 年 9 月,新学期开学,学校真的只来了一名学生。

偌大的学校只有一个老师和一个学生。张宝华尝试着挑起了所有科目的教学任务。除了语文、数学等主要科目,科学、思想品德、体育等学科,张老师也都不落下。遇到有他自己教得不太应手的课,他就骑着自行车,跑几十里的山路到邻乡邻村的小学,找那里的专职老师询问,借来他们的课堂记录去研读,保证自己无论上哪一门课前,都心中有数。他每天都严格地按照课程表上课,甚至连过去每周例行的升旗仪式,他也要一丝不苟地带着学生去做。

第一堂课是数学课。张宝华神情严肃地走进了教室。孤独地坐在教室里的小佳昊不知所措地盯着张老师。自从刚才走进学校的大门时,他就觉得很不自在,甚至某一刻他想转身逃走。因为,这里他找不到同伴,只能一个人面对严肃的老师和偌大的操场。现在老师走上了讲台,他不由自主地左看看右看看,心情更加紧张。

张宝华看出了小佳昊的心思,他俯下身,虽然表情仍然很严肃但是语气却很轻柔:"你叫小佳昊吧?"孩子点了点头,"欢迎你来到双山子小学!来,拿着!"张老师从上衣口袋里拿出了一支铅笔递给小佳昊,"这是开学第一天,学校送给小朋友们的第一份礼物!……以后,你要好好地用它,让它在你的纸上写出好多好多的字,画出很好很好的画。你愿意吗?"小佳昊看着手里这支削得一丝不苟颜色

鲜亮的铅笔,心想,老师把铅笔削得真漂亮。

张老师看着小佳昊出神的样子,不禁微微一笑:"小佳昊,今天是我们的第一课……从此以后由我来和你一起学习。我们要学好多好多的东西。你要是有什么问题,随时可以问我……你有什么问题吗?"小佳昊嘴唇动了动,想说什么,又有点不敢问。"老师,我……我……""你是不是想问,为什么这里没有其他小朋友?那些大哥哥、大姐姐都到哪里去了呢?"小佳昊用力地点点头。"这里本来有很多小朋友的……他们因为各自的原因暂时来不了了……但是,老师相信,迟早有一天,他们会回来的。所以老师才在这里等他们啊!不过,你还是可以找到新的伙伴的。你看,教室的屋檐下有一个燕子窝,燕子妈妈每天都会为它的孩子去觅食;那边角落里有一棵老榆树,大风吹过,你站在树下,总能听到叶子在说话。好了,不多说了,这里还有好多秘密你以后慢慢去发掘好不好?"张老师走回了讲台,开始上课。这时,小佳昊已经不觉得特别紧张了。

张老师开始讲数字。他讲得很慢,力图让小佳昊听得明白。讲到中途,他从袋子里拿出了一把高粱秸秆。

"来,你认识这是什么吗?……对,高粱秆!现在,这里有8根小棒,你来,数出5根小棒。"小佳昊走上前,试着数出了5根。"好，不错。老师现在需要你把这5根小棒分成2和3根，你试试。"小佳昊很快分了出来。张老师很满意，小佳昊学东西很快，这让他觉得很欣慰。他边上课，边注意孩子的眼神，随时观察他的心态和想法。如果小佳昊的眼睛里闪烁出一丝疑惑，他就立刻停下来，再讲一遍；孩子的眼睛不会撒谎，总是第一时间告诉你他的真实想法，所以两人交流起来很默契，小佳昊觉得老师特别神奇，他刚刚有个疑问，老师就能猜到并给予解答。有时候，他举手提问，老师露出来的微笑就好像告诉他，早就准备好等他提问似的。有时候，两人上着上着，往往超过了一节课的时间都不知道。张宝华觉得这种一对一地上课，往往会使自己忘记时间，好像整个人都沉浸在"二人世界"里。

有时候，小佳昊发现，张老师并不总是盯着他看。张老师的眼神总是能覆盖整个教室，包括教室里的各个角落，就好像那里也坐着人一样。虽然只有他一个人听老师讲课，但是老师仍然声如洪钟，仿佛要让几十个人同时听到他的声音似的。有时候，下课了，在操场上玩耍，他看到张老师一个人站在学校的大门前，举头眺望着山下的路，好像在回忆什么，又好像在等待什么。有人好奇地问张宝华，"一个人上课是什么感觉？"他说："上课的时候，虽然教

室里只有一名学生,但在我的心里,感觉满屋都是学生,像有几十双渴求知识的眼睛望着我。咱们当老师是责任,一个学生,也必须正常教学,把孩子教好。"所以,他仍然每天正常备课、上课。他对小佳昊的要求一点也不放松。小佳昊每天按时到校,按时放学,按时完成作业。也因为只有一个老师,即使生病,只要能坚持住,张宝华都会到校上课。

当然,张老师有时候也会自嘲似的对自己现实的处境感到滑稽与无奈。他曾经看过一部电影叫《一个都不能少》。于是,他便戏称自己是:一个,也不算少!

下课的时候,空空的校园尤其显得冷清。此时,本应该是校园里最热闹的时候,同龄的孩子在一起玩啊,耍啊,这里却格外安静,没有充满童真的校园集体生活,有的只是偶尔能听到校外山脚下传来的野鸡叫声。因为没有玩伴,课间佳昊大多时候是到墙根儿处,一个人玩沙子。

张老师看在眼里急在心里。他想尽办法,从别人那里淘来了一只快要瘪了的篮球,然后自己用破布废皮把球补好,打上气,带着小佳昊在操场上打起了"对抗比赛"。后来,他又把教室里的桌子拼起来,搭上木板,做了一个简易的乒乓球桌,教小佳昊打乒乓球。还在打球的间歇,给小佳昊讲中国乒乓球的故事。

张宝华既是教师，又是学校的勤杂工。佳昊年龄小，每天的卫生以及校园内除草、修葺的工作，都由张宝华一人在教学之余完成。看到老师忙碌，佳昊也会学着老师的样子，帮着干。从当初孩子众多，到如今只剩下一名学生，皮肤黝黑、头发花白的教师张宝华，用知识为山村孩子助力，看着他们一个个走出大山，追寻梦想。张宝华说，据他调查，目前村里到上学年龄的学生有十几名，如果通往学校的路能修好，家长会把孩子送到这里上学。为此张老师积极奔走，到处游说，希望能够寻觅到政府修路的机会。他还主动查找各种资料，勘察道路，希望有一天能够写出一份详细的有说服力的建议书，找到一条最合理最高效最方便的线路，让村里求学的孩子们重新回到这里。

一个老师的渴望与梦想的实现看上去是微不足道的，可是它却反映出时代的呼声。这个呼声从本质上看，与国家、社会的精神需要、精神发展有关。强健的精神一定是与教育梦想的实现程度紧密相关的。

他正在"路"上。

知识链接

《一个都不能少》 《一个都不能少》反映了中国农村教育的现状，是张艺谋第一部完全采用非职业演员的作品，真挚感人。影片获第56届威尼斯国际电影节最高奖——金狮奖，意大利《电影》杂志最佳影片奖，中国电影华表奖优秀故事片奖和最佳导演奖，第19届中国电影金鸡奖最佳导演奖，第22届大众电影百花奖最佳故事片奖，1999年度欧洲电影评奖最佳外语片提名，2000年美国"青少年艺术家奖"电影组织1999年最佳国际电影奖、最佳表演奖（魏敏芝），《日本电影旬报》读者评选2000年世界十大最佳影片第二名。

✽ ✽ ✽

　　三人行，必有我师焉。择其善者而从之，其不善者而改之。

——（春秋）孔子

回来,是为了再次出发

四川姑娘韦一做出了一个让身边很多人都惊讶的决定:去做一名支教老师。最终,她得到了这个机会,在凤凰古镇附近的苗寨里支教一学期。

在这之前,连她自己都不相信会这样做。作为一名"80后",她从小就生活在父母身边,在大城市里长大,一切都发展得那么顺利、那么"理所当然"。大学毕业后,她成了一名标准的公司白领,做着跟网站营销有关的工作。谁能想到,"支教"能和她有什么关系。

"5·12"地震后,全体四川人民度过了一个不寻常的夏天。韦一当时在成都,有那么一段时间,几乎每天都在不断的余震中度过。她每天都给父母发短信,每天也都收到很多朋友的问候。她看到很多来自四面八方的朋友都

非常热情地参与到灾区的重建中,相比之下,似乎自己什么也做不了,心中不免有些失落。我为什么不能多做一些对他人有益的事情呢?有一次和一个很久没联系的朋友聊天,当她知道这个朋友有过一段去西部支教的经历后,又吃惊又兴奋。如果换作是我,我能够坚持吗?能坚持多久呢?

在仔细考虑了三天后,韦一想,至少应该尝试一下。她差不多用了一个月的时间说服家人。最开始,家里人以为她是心血来潮,她自己想明白了就会放弃原来的想法。但是,韦一这一回想得很认真、很清楚。她跟父母解释自己为什么选择此时放弃条件不错的工作去做公益事业,是因为"大学的时候没有收入,用父母的钱做公益事业,我觉得挺荒唐的。所以我一定要在有了积蓄,能支付半年的生活费时才去完成理想。这样才更纯粹"。现在,她要完全由自己做一次人生的重要决定,虽然这个决定里包含了太多的未知,但她相信这或许是实现人生价值所走出的第一步。

公司里的同事、朋友听说了她的决定,出于好意提醒她:"回来后工作可不好找啊!"可韦一把支教当作信念:"工作是一个阶段的事情,两相比较,当然支教更加重要。"接下来,就是做各种准备工作。离开学校有段时间了,很多东西要赶紧补补。另外,小学生应该怎么教呢?她首先去自己毕业的小学观摩学习,再找自己过去的小学老师们请教方法。很快,她得到了通知,她被安排去凤凰附近的一个山寨小学。那是一个什么样的地方呢?挨着美丽的凤凰,那儿一定也很美吧?

很快她就出发了。背着登山包、拖着旅行箱,韦一和另一个女孩在阴冷的冬雨中到了山寨。到了以后她发现,这个深山里的村寨几乎和凤凰没什么关系,普普通通的乡村,普普通通的山水,"不普通"的倒是这里的生活。"不普通"的最大体现是,这里经常会"三没":没电、没水、没信号。山里没有信号,所以她的手机基本上只能一周用一次,就是她每周出一次大山去镇上买日用品的时候。

没有电很让人头疼。一次,山里突降连日大雪,电线被压断了,整个苗寨的电力被切断,据说恢复起来得等一段时间。这可愁坏了她们这些支教老师。她们不得不改变平时的作息习惯,把大量的工作尽量安排在白天完成,尤其是批改作业。整整一个月天黑得特别早,她们趁着星光洗脸刷牙,七点不到就躲进被窝里,然后在半梦半醒的时候盼望"说不定明后天就有电了"。

到了晚上,韦一总能听见山前山后有各种动物出没的声音,以及怪异的声响。吓得她睡不着,毛骨悚然,连出门

上厕所都不敢了。这天,天气稍微暖和一点,韦一她们像往常一样早早上了床。突然听到门外传来一阵细碎的脚步声。大家都惊得披衣起来,打开门一看,是学校的孩子们结伴来了。他们一个个打着手电,从家里走到了学校。"你们怎么来了?""老师,我们功课都做完了!趁着这段时间,大家都想陪陪老师们。""哎呀,天这么凉……你们应该在家休息……来来,都先进屋来暖和暖和。"很快大家都挤进了不大的屋了。在黑暗中,有人提议,每人讲一个关于自己的小故事。轮到韦一了,她觉得自己过去的生活特别平淡,没什么可以拿出来讲的。于是说:"老师听了你们的故事觉得特别好!老师能不能不讲故事?""那老师您唱歌给我们听吧。我觉得您唱歌特别好听!"韦一平时很腼腆,除了上课时间,平时也不太爱说话。但此时她被热烈的气氛所感染,应声唱了起来。孩子们边听边拍手打节拍,有些模仿能力强的,还跟着老师唱了起来。一曲唱罢,大家都觉得不过瘾。有几个平时特别积极的孩子主动为老师唱起山歌。韦一听着孩子们用清脆的嗓音唱着韵味独特的山歌,觉得是一种前所未有的享受。

　　孩子们走了以后,韦一突然发现过去那段时间以来,困扰她的奇怪声响自动不见了,耳朵里满是快乐的笑声与悠扬的山歌。

有一次,韦一千方百计从乡里借来一台显微镜,给学生讲植物的根和叶。大家仿佛从这些司空见惯的植物身上看到了另外一个世界。一个个兴奋异常,恨不得把所有东西都拿到显微镜下重新看一遍,很多学生都立志长大后当科学家。韦一告诉大家,当一个科学家除了有好奇心,还要有坚强的毅力。同学们现在就要努力学习更多的知识,将来到大山的外面去见识更广阔的世界。

虽然,韦一以及很多支教的老师都知道,她们的力量是微弱的,可能这短短一个学期、一个学年的支教根本改变不了什么,但她们也要竭尽所能地帮助这些心里还有着梦想的孩子,哪怕只是向他们呈现这种梦想的可能性。他们会尽可能地带孩子们"春游"。让他们在河塘里、野地里追逐嬉戏,享受这个年龄本该有的快乐。看到孩子们奔跑的身影和听到他们大声的喊叫,韦一觉得这是世界上最大的幸福。

"不去支教的话,我这辈子也不可能在一个没有电、没有水、没有手机信号的山里生活那么长的一段时间。去看我的朋友说我在那种条件下教过书,以后没有什么事情是做不到的。"

"临走之前别人问我为什么,回来后又问我得到什么。我很难给他们满意的答案。"韦一说,"我离开山寨的时候,班上最木讷的小孩都难过得哭,不跟我说话的孩子都给我送礼物。那种很真实的被需要的感觉在城市里是很难体会到的。"

一个学期的支教生活过得特别快,韦一现在经常回忆起那段生活。虽然她又回到了工作中,但是她时常告诉自己,她的回来只是为了再一次出发!

凤凰苗寨 湘西凤凰古镇的苗寨很多。苗族,是凤凰县最古老的民族。远古苗族生活在黄河流域,其先祖蚩尤曾与炎黄部落作战,失败后苗裔退居江汉、洞庭湖一带,建立三苗国。商周时,三苗被破,苗族迁徙到湘西"五溪"一带,即今湘西、黔东等地,又由湘西分迁到西南各地。在中国古代典籍中,早就有关于五千多年前苗族先民的记载,这就是从黄河流域直到长江中游以南被称为"南蛮"的氏族和部落。苗族有自己的语言,苗语分三大方言:湘西、黔东和川黔滇。苗族地区以农业为主,以狩猎为辅。苗族的挑花、刺绣、织锦、蜡染、剪纸、首饰制作等工艺美术瑰丽多彩,驰名中外。其中,苗族的蜡染工艺已有千年历史。苗族服饰多达一百三十多种,可以同世界上任何一个民族的服饰相媲美。苗族是个能歌善舞的民族,尤以情歌、酒歌享有盛名。

❋ ❋ ❋

莫以恶小而为之,莫以善小而不为。

——(三国 蜀)刘备

梦想"化开"的雪路

"能当一辈子教师是我的梦想,上学是山区孩子们的梦想,我想用自己的梦想点燃孩子们的梦想。当他们梦想成真之日,也就是我们国家强盛之时。"这是在中国东北偏远山区一待就是11年,深受同学们爱戴的小学女教师马宪华的人生感言。

1996年,吉林省延边朝鲜族自治州林管局决定将几座荒山建成万亩果园,从全国各地召集了60多户下岗职工和农民来此承包果树。很多人拖家带口来到这里才发现,离得最近的小学有十几里远的山路,孩子们上学变成了难题。马宪华就是这个时候来到只有13名学生的果树新村小学任教的。马宪华是果树新村小学唯一的教师。

从她家到教室有33千米的山路。11年来，马宪华几乎每天骑自行车两个多小时，风雨无阻地跋涉在这条路上，艰难地接近自己的梦想。

第一天上班，当她走进低矮的教室，发现所有的孩子穿着洗得干干净净的衣服，像是参加重要的典礼似的，一个个眼神热切地盯着她看，那眼神里充满了无限期待、无限向往。马老师感觉那样的眼神让人有一种无法逃避的触动。她知道，从此她将与这种眼神紧紧联系在一起，她不能辜负这些像夜空中的星星一般明亮可爱的眼睛。她深深地吸了口气，立下了一个誓言："孩子们……只要你们想上学，我就一定不离开你们！"

马宪华知道，虽然中国教师的数量整体上并不短缺，但存在着结构性缺员。边远、贫困地区和山区的学校，往往派不进足够数量的公办教师，只能聘请代课教师。边远、贫困地区和山区教师紧缺已成中国教育的突出问题，而教育水平低下是造成当地贫穷的主要原因。所以，她不仅要坚持守护在这些孩子身边，更重要的是，给他们最渴望的知识，用科学的教学内容与教学方式，让孩子们每天都过得充实快乐。所以，马宪华对教学一点也不含糊，除英语外，她开了正规小学的全部课程。孩子年龄大小不

一,学习进度不一,她就利用中午和傍晚时间,天天给学生补课。马宪华在这样艰苦的条件下仍觉得满足:"看着孩子一天比一天有进步,我感到自己的人生是那么有意义!"农村各种自然生态都成了马宪华的好教材。春天,她带学生去寻找春天的脚印,回来让他们根据自己的观察写出优美的文章;秋天,她带孩子们去帮助家长收果蔬,让他们参与劳动,体验生活,观察事物。

果树新村是个贫困村,学校面临着各种困难。在有限的条件内,马宪华想用自己的双手尽力去改善这里的环境,绝不能坐等援助。教室是一户果农家废弃的土坯仓库,只有几平方米,四处裂缝,窗户无法透光,马宪华就自费拉起电线;夏天房子漏雨,她让孩子们挪到干爽处,自己边接雨水边讲课;冬天没有暖气,她向果农借煤,给学生生炉子;学校没有办学经费,她就自己做教具,做不了的,就跑到城里去借。

"因为马老师,孩子们才有机会上小学、上初中和高中。否则,这些孩子多数就放野在山中了,他们就会像我们一样没知识和文化。是她改变了孩子们的命运。"果农李桂芬一提起马老师就感慨不已。11年来,马宪华陆陆续续将4批60多名学生以优异的成绩送出了果树新村小学的校门。这些孩子中有的上了中学后当了班干部,有的在数学竞赛中获得了奖项,有的初中毕业后考上了城里的重点高中。这都是孩子家长们以前想都不敢想的。马宪华也因此被授予各种荣誉称号,但她说:"我仍然是从前的我。只要这果树新村小学存在,我就无怨无悔地在这里坚守,一心一意地教好那些学生。"

有一年冬天,山里下起了大雪,雪堆积起来,有的地方达到了一米多厚,村里的交通出了问题。很多父母都想,这么大的雪,山路肯定通不了了,今天应该上不了课了吧。可是孩子们认为老师没有说停课就不能停,非要去学校。到了上课的时间,全班13个同学已经整整齐齐地坐好了,没有一个迟到。可是,马老师却迟迟不见踪影。老师出什么事了吗?孩子们有些担心,纷纷议论起来,是不是因为山路被雪封住,马老师过不来了呢?

"哎呀,不好!"突然有个同学惊叫一声站了起来。

"班长,你还记得不……咱们村口那里,有一个很深很深的大坑。平时就积着水,走路都要绕着走。这大雪一下,不就掩盖住了吗?马老师要是经过时,忘了怎么办

啊?!"同学们一听,顿时紧张起来。

班长沉思了一会儿,走到讲台上:"我们不能让马老师遇上危险,要尽我们的力量帮助马老师。大家现在回家拿工具,然后到学校门口集合。我们开一条路到村口,迎接马老师,大家说,好不好!"同学们爆发出一阵欢呼,各自回家取工具。

十几分钟后,大家拿着小铁锹、小铁桶会合在一起,开始分段铲雪。

男孩子们力气大的冲在最前面,女孩子们也不甘示弱,用铁桶把雪抬在一边堆积起来,然后又有同学把清理出来的道路修整好,大家互相帮助,积极配合。

小小的道路一点一点地在雪中延伸开来。一些过路的村民看见孩子们这么热火朝天地在开路,原来是为了迎接在大雪的山路中艰难赶来的老师,都被感动了,加入到他们的开路行动中。

终于,孩子们从厚厚的积雪中铲出了一条小路,从学校一直通到村口。

这条黑色的小路歪歪扭扭地连接在村口与学校之间,在银装素裹的山村里,显得格外妖娆明媚,远远望去,就像一条黑丝带。

　　马老师推着她的自行车远远地就看见了这条"丝带"。等她疑惑地顺着小路走进课堂时,看见孩子们满满地坐了一教室,个个脸上红扑扑的,很多人满头大汗地冲着她笑,她心里全明白了,不禁热泪盈眶,她想抱住所有的孩子大声地感谢他们。

　　从那以后,她内心更是充满了使命感与幸福感。每当她遇到不如意的事,遇到困难时,那条"黑丝带",那些红脸膛,会让失意与寂寞消退得无影无踪,会让自己重新振作。她再也不会像以前那样一个人累得趴在雪地里哭泣了,再也不会因为等待而对未来失去信心了。

　　从此,她的梦想已经被这条"黑丝带"紧紧地缠绕,永远不能分离。

知识链接

临渊羡鱼,不如退而结网　"临渊羡鱼,不如退而结网"是指站在水边想得到鱼,不如回家去结网。比喻只有愿望而没有措施,对事情毫无好处,或者比喻只希望得到

而不将希望付诸行动。语出《淮南子·说林训》,原文说:"临河而羡鱼,不如归家织网。"《汉书·董仲舒传》中说:"故汉得天下以来,常欲治而至今不可善治者,失之于当更化而不更化也。古人有言曰:'临渊羡鱼,不如退而结网。'"

✳ ✳ ✳

耳闻之不如目见之,目见之不如足践之。

——(汉)刘向

爱使她看得更远

盲人的世界一片漆黑,可是有时候也会一片光明;盲人的世界里没有远方,可是有时候,他们比我们看得更"远"。

云浮市的唯特教育中心迎来了一位特别的新老师:她很特别,因为她是一位"老外",一位高鼻深目的美国人;她特别,更因为她还是一名残疾人,一名在黑暗中摸索了近30年的"资深"盲人。

第一次走上这里的讲台,凯文穿着一身素雅的连衣裙,手臂下夹着盲人电脑,靠盲杖的"指引"行走。她用英语对台下的学生们说:"请打开讲义第一页。"整堂课上,凯文没有说一句中文,而是反复用更为简单的英语来解释自

己所讲的内容。她的双眼虽然看不到学生们的表情,但孩子们恍然大悟的"噢"声已经对她的教学做出了回应。

就这样,凯文开始了她在中国的第18次支教。

凯文的故乡在美国匹兹堡市,她自幼失明。她还清楚地记得,妈妈曾经抱着失明的她,难过地问:"孩子,你会不会觉得上帝对你不公平?"

"不,妈妈,我觉得上帝对每个人都是公平的。我虽然看不见,但我的心里充满光明。"

凯文像一个普通的女孩一样,去普通的小学、中学、大学,接受与正常人一样的教育。她的世界里虽然没有光,但美妙的音乐、清新的花香、潺潺的流水……还是将她的生活装点得丰富多彩。

她花了很长时间,学会了弹钢琴。每当美妙的旋律从指尖流淌而出,凯文总是会对未来的生活产生许多幻想。凯文从小就展现出学习语言方面的惊人天赋。除母语英语外,她先后学习并熟练掌握了8种语言,还可以用另外4种语言进行简单的日常交流,用12种语言唱歌。同学们都为她的毅力和聪明才智感到惊奇。

23岁那年,凯文顺利地从斯坦福大学的俄国文学专业毕业。26岁时,哈佛大学授予凯文教育学硕士学位。

而就在这一年,生活中的一件小事,改变了她的人生轨迹。

那是一个傍晚。凯文路过一家咖啡馆,从店里飘出的咖啡浓香和爵士乐吸引了她的注意。她走进去,找到安静角落里的一张圆桌,在桌旁坐下来,点了一杯咖啡,开始欣赏现场爵士乐表演。

"下面,欢迎我的伙伴,来自中国的歌手——杨,为大家演唱一首中国歌曲。"台上的爵士乐歌手下了台。凯文听到一阵脚步声,紧接着,音响中传来用东方竹笛演奏出的优美旋律。

"九九那个艳阳天来哟,十八岁的哥哥坐在河边。东风呀吹得那个风车转哪,蚕豆花儿香呀麦苗儿鲜……"歌手的声音婉转动人,深深吸引了台下的听众。凯文在大学期间学习过两年中文,浅白而韵味悠长的歌词引起了凯文极大的兴趣。中国歌手演唱完之后,走下了舞台。凯文连忙拄着盲杖走到他身边:"你好,很高兴认识你,我叫凯文。你来自中国,是吗?"凯文用不太流利的汉语问歌手。

歌手显然有些吃惊,虽然凯文的汉语有些生硬,但他还是听懂了。他也连忙用汉语回答:"是的,那你叫我杨刚吧!"

就这样,凯文认识了在咖啡馆靠唱歌挣生活费的留学

生杨刚。杨刚告诉凯文,《九九艳阳天》是中国艺术家创作的一首脱胎自河北民歌的歌曲。

与杨刚的对话激起了凯文对于中国的兴趣,她想把中文学得更好。凯文很清楚,要想快速提高中文水平,最好的办法就是多与中国人交流。恰好在这个时候,杨刚的好朋友、同样在美国留学的女孩刘莉莉正因为租不到合适的住处而发愁。

"请莉莉到我家来住吧!"凯文听说后,爽快地发出了邀请。

凯文在匹兹堡的家是一幢三层别墅,有许多空房间。她提出可以让更多找房困难的留学生一起来。留学生们很感动,听说凯文想学中文,都不遗余力地帮助她。

"这是'一',这是'二'。"中国学生们从最简单的文字教起。

凯文很喜欢这些留学生,他们不仅朝气蓬勃,而且对于国家和世界的未来都很关心。

"凯文,你知道吗?"读医学院的中国男孩王骏严肃地对她说,"我最大的愿望就是回国做一名好医生。中国人多,疑难杂症也多,需要很多好医生!"

"我也要回国。"刘莉莉也说,她想把美国的现代艺术介绍给中国的艺术爱好者。

这些学生朴实的爱国情怀令凯文很感慨,"认识了你们,我真想知道中国是什么样的!"

"中国的文化博大精深。"杨刚对她说,"但是中国现在也面临着许多问题,比如教育事业还需要长足的发展。在西部地区,因为经济不发达,很多孩子都没有机会上学。"

杨刚的这番话,令凯文萌生出一个念头。不过她没有立刻说出来,继续每天上班,利用闲暇时间给留学生们做饭"改善生活",同时学习中文。

1986年,凯文乘坐飞机,第一次来到中国。在来北京之前,凯文就联系好了这里的一家教育机构,这一次她是以支教老师的身份来的。从这一年以后,她先后18次利用假期来到中国大陆,分别在北京、内蒙古、新疆、哈尔滨、长春、太原、广州等地,义务教中国的孩子学英语。其中4次是联合国教科文组织资助的,其余都由她自己承担所有费用。

一路走来,中国和许多中国人都给凯文留下了深刻而特别的印象。在太原支教的时候,凯文经常到山西大学的食堂吃饭,有些大学生见她是外国人,就主动过来用英语问好,与她聊天。有一次,一个上大二的女孩在交流中得

知凯文是支教英文老师,顿时对她肃然起敬。

"你真了不起!"女孩说,"如果你有时间,欢迎到我家来玩。"

于是,凯文和女孩交换了联系方式。女孩在一个周末邀请她到自己家中做客,女孩的母亲给凯文做了富有山西特色的焖面、拨烂子等等小吃。吃饭的时候,女孩对凯文说:"美国的学生需要中文老师吗?"凯文点点头:"现在有越来越多的美国学生对中文感兴趣,可是优秀的中文老师依然稀缺。"女孩笑笑说:"我是学中文专业的,英语水平也还不错。认识你之后,我也在思考,如果我也能做一些义务支教的工作,人生该是多么有意义啊!"

凯文听了很高兴:"那你有兴趣去美国当中文教师义工吗?"女孩认真地说:"愿意。我们中国有句古话,叫作'见贤思齐',凯文,对我来说你就是那个'贤人',我要以你为榜样。"

后来,在凯文的帮助和介绍下,这位太原女孩飞往匹兹堡市的一所高中,成为那里的一位短期中文老师。

"中国人和善、友好、善于学习,他们一直在用自己的行为感染我。"

在新疆的伊犁支教时,凯文认识了一个很有趣的哈萨克族男孩叶斯塔。第一次来到叶斯塔所在的初中时,凯文觉得这里的少数民族少年口音都很难懂。叶斯塔是初三(2)班的班长,用新疆味儿很重的普通话对她说:"凯文老师,我们慢点儿说,你仔细听,很快就能听懂!"叶斯塔还开玩笑说,他跟凯文长了一模一样的鼻子,说着拉起她的手去摸摸他的鼻子,又摸摸凯文自己的,逗得凯文哈哈大笑。

很快,凯文就适应了这里的生活。伊犁素来有塞上江南的美称,风景如画,有一次在课堂上,凯文无不遗憾地感慨:"可惜我永远看不到伊犁的美景。"谁知到了第二天,凯文走上讲台时,叶斯塔献上了一个硕大的盘子。"密斯凯文,"叶斯塔还是那么调皮可爱,"这是我们献上的伊犁风味小吃——奶茶、抓饭、粉汤、风味包子、纳仁、辣罐、面肺子。吃到它们,你就能看见伊犁大片的草原和成群的牛羊,还有蓝蓝高高的天,清清凉凉的小溪!"

凯文哈哈大笑,笑过之后,眼里却有泪光闪现。

在伊犁,凯文度过了愉快的三个月,直到把初三年级的孩子们送上中考考场。中考结束后,孩子们都很舍不得这个美国老师。在叶斯塔的倡议下,孩子们为凯文举办了一场篝火欢送会。热辣辣的火焰烤红了凯文的脸颊,而她的心早就被新疆学生们的热情融化了。

叶斯塔走到她面前,拉起她的手,一边跳舞一边唱起了哈萨克族的民歌。这个夜晚,令凯文永生难忘。

"从2000年开始,我每年都要来中国支教一次,每到一个地方,我都要找歌手学唱中国歌曲,尤其是当地的民歌。现在我已经会唱一百多首中国歌曲了。我用我的行动帮助中国人,同时,也不断被中国人感动。我越来越爱这个国家了。"

对凯文来说,也许永远看不到世界的真实面貌,但是,来自于中国这个文明古国的深情厚谊令她感受到了真正的生命色彩。这也是善良的中国人民对她无私善举的最好回报。正是因为有与中国人民之间的"爱",凯文才能够"看"得更"远",她"看"到了人间最美丽最真挚的情感,"看"到了无数中国学生对知识的渴望与梦想,也"看"到了实现自身价值的光明大道。

爱心是教育的基础。把教育与爱联系起来,在大爱中发现教育的真谛,才能给受教育者以精神上的鼓舞。一个国家要想强大,绝不仅仅是拥有"船坚炮利"的硬实力,更应该是能够形成一个以爱为基础,为更多人认同、更多人珍惜的价值观与文化向心力。

义工 "义工"是英文 volunteer 的中文译法,也叫"志愿者"。其起源于19世纪西方国家宗教性的慈善服务,在世界上已经存在和发展了100多年,本质是服务社会,核心精神是"自愿、利他、不计报酬"。基于道义、信念、良知、同情心和责任,为改进社会而提供服务、贡献个人的时间及精力和个人技术特长的人和人群。

❋ ❋ ❋

见贤思齐焉,见不贤而内自省也。

——(春秋)孔子

盛开的向日葵

临出门时,小龚捧着心爱的画册看了又看,他喜滋滋地盯着那上面大得出奇的向日葵,觉得特别有成就感,特别高兴。然后,他小心翼翼地把画册收进背包,快速出了门,登上公交车。

七点钟的晨风从打开的车窗外吹进来,拂动小龚额前的头发,这多少使他不安的情绪得到了安抚。窗外是一片忙碌的南昌市景,大大小小的车辆在街道上穿行,公交车上的人也越来越多。一位老奶奶上车来了,小龚连忙背起背包站起来,把座位让给她。"奶奶……坐……"老奶奶连忙道谢。

小龚憨憨地笑笑,又转头去看窗外的景色。

"财经大学到了!"公交车停在路边。小龚似乎被报站的声音吓了一跳,他赶忙三步并作两步跳下车来,可是,该往哪个方向走呢?

与此同时,小龚的爸爸妈妈在家里急坏了。"这孩子,一大清早跑到哪里去了?"爸爸把亲朋好友问了个遍,但没有人知道这孩子去了哪里。妈妈急得直哭……

小龚正站在一个十字路口。大街上到处都是人,陌生的脸孔不断从身边擦过。他决定打听一下,又总觉得陌生人有些恐惧。他慌慌张张地跑到一位大婶面前:"大……婶……"大婶疑惑地望着他:"什么事,小朋友?"小龚一着急,话憋在嗓子眼里怎么也说不出来。

"孩子,你倒是说话啊!"小龚越发着急,哇哇大哭起来。

他的哭声吸引了路人的注意。"孩子,你是不是迷路了,你家在哪儿?"一位老爷爷问小龚。小龚听到"迷路"两个字,忽然想起了爸爸妈妈平时的嘱托:如果迷路了,就把书包里的小本本给别人看。他赶紧从包里取出小本子,翻到其中一页,递给老爷爷。

"交通大学,财大下,走两站。"老爷爷皱着眉头念出纸上的字。"你是想去交大啊!"大婶笑着说,"这孩子,别着急嘛。我知道怎么走,我带你去!"

最终,在几个热心路人的帮助下,小龚被顺利地带到了交通大学门口。"华东交通大学"几个大字令小龚激动不已。他心里想:不知道严老师什么时候会出现呢?我就在这里等她吧!

他把背包放在一旁,耐心地站在校门口,开始了漫长的等待。

此时,交大学生严荷君像平时一样,在宿舍里享受读书时光。她打开书本,刚准备读,宿舍里的电话响了。

"喂,您好。对,我是严荷君。"来自传达室的这通电话让严荷君有点疑惑。"好的,我马上到。"

在刚才接通的电话里,传达室大爷说,此时此刻正有一个来自南昌"仁爱之家"的小男孩在校门口等她。"'仁爱之家'离这里这么远,这孩子是怎么找来的呢?"严荷君匆匆走向校门口,思绪也回到了两个月前……

两个月以前,正值夏日炎炎的时节,严荷君第一次跟随华东交大爱心社来到南昌"仁爱之家"支教。在出发之前,社长就已经对大学生支教员们说明,此次在"仁爱之家"接受支教的孩子们都是智障儿童。"智障儿童?那要怎么教才好?"严荷君心里直打鼓,在此之前,她还从来没有与这样的孩子们接触过。

但是,当她站在讲台上,真正面对台下的孩子们时,先前的疑虑全都被打消了。"老师,我们真喜欢你!""严……老师……早上好!"孩子们的表达可能并不复杂,甚至有些困难,但就是这样的一句句话,温暖着严荷君的心。

有一天清早,严荷君早早来到教室,看到班里的小龚正坐在窗前读报纸。她知道这个孩子虽然有智力缺陷,却很喜欢读报。

"小龚,你早!"

"严……老师……好!"小龚不好意思地回答她。严荷君走上前去一看,他在看的报纸是小学生美术专版。

她心里一动,问小龚:"你喜欢画画吗?"

小龚使劲点点头。

严荷君被他认真的神情深深地感动了。"这样吧,今天放学以后你到办公室找我,我来教你画画,画好了咱们也向报社投稿,好不好?"

小龚高兴地咧开嘴笑了。这个男孩有严重的语言表达障碍,平时连说一句完整的话都很困难。他一定是想借手中小小的彩笔画出自己的心声。

下午五点,小龚准时来到了老师们的办公室。"呀,是严老师班里的小龚,快进来!"志愿者"小老师"们热情地欢

迎他,倒使他有些不好意思。不一会儿,严荷君也回来了。"小龚,来!"她热情地把刚买回来的新图画本递给他,"以后就把画画在这些本子上!"小龚高兴地接过本子,左看右看。崭新的图画纸洁白无瑕,他忍不住拿出自己带来的水彩笔,在上面画了起来。

严荷君站在一旁,微笑地看着埋头认真画画的小龚,问他:"你要画什么呢?"小龚认真地想了想,含糊不清地说:"我想……画向日葵。"

"哦?为什么?"

"向日葵,大,好看!"

"是呀,而且它永远向着太阳,向着有光明的地方。"

小龚热切地点点头:"太阳,光明,很温暖!可惜……"他有点不好意思地看看自己已经画好的葵花,"我画不好。"

严荷君笑了:"没关系,小龚!只要你多多练习,总有一天能画得很好!""真的吗,严老师?""真的!老师相信你,你更要相信你自己!"时间一分一秒地过去,办公室里的老师们都回去了,只有严荷君还在辅导小龚……

走到交大门口,严荷君的心才从回忆中回到了现实——她看到了小龚!小龚抱着一本画册,身边放着背包。他站在门口,正仔细观察着来往的人群,生怕错过什么。"小龚!"严荷君赶紧跑上前去。小龚听到她的呼唤,惊喜地转过头来,险些把画册掉在地上。

小龚把本子交到严荷君手中:"老师,我新画了一百幅向日葵!"严荷君打开它一看,这些向日葵朵朵都生机勃勃,而且各不相同,都有自己的姿势、形态、表情,好像连在了一起,又能进行完全不一样的组合,种种组合如同孩子们那变幻无穷的心灵世界。

看着小龚笑得像盛开的葵花一样灿烂,严荷君想到,在人生中,我们难免碰到这样那样的困难,有些困难甚至是与生俱来、难以回避的,但是正因为有这些磨炼,我们才能够渐渐成长,追寻人生的意义。小龚的人生,可能会比一般的孩子艰难一些,但是他们也将因此获得更加珍贵的人生体验。

"爸爸妈妈知道你来了吗?"严荷君接过礼物,心情复杂地问。

"不知道……"小龚好像忽然想起什么似的,脸上充满了内疚。

严荷君连忙给小龚的爸爸妈妈打了电话,告诉他们孩子已经安全地到达,请他们放心。做完这件事,严荷君带

小龚在校园里散步。小龚对校园里的一切都感到很新鲜：人工湖里清澈的湖水在微风的吹拂下荡起涟漪，柳丝拂过水面，惊扰了水中的小鱼；湖边有三三两两结伴而行的大学生，他们谈笑风生，十分快活。小龚羡慕极了，拉拉严荷君的衣袖："老师，我也想上大学！我还想……当美术老师！"

"没问题！老师相信你，你一定能上大学、当老师！"

"可是，我说话……"小龚憋了半天，憋出这么一句话，满脸通红。

"你的进步已经很大了，不要着急，慢慢来！"严荷君用温暖的眼神看着小龚，小龚不好意思地笑了，随即坚定地握了握拳："嗯！"太阳照得人暖融融的，秋天也仿佛变成了暖春。

对于弱小的人不应该歧视，也不应该漠视。对于他们的教育与感化应该像春风化雨那样从点点滴滴做起，这样就会让一个看上去弱小的人逐渐变得强大。同时，这也是一个社会感恩的力量，这种力量一旦联结起来，整个国家、整个社会就是健康的、强大的，因为它让每一个人都相信自己拥有希望。

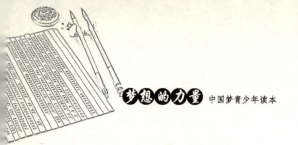

智力障碍 智力障碍也称"智力缺陷"。一般是指大脑受到器质上的损害,或大脑发育不完全而造成认识活动持续障碍以及整个心理活动的障碍。表现为语言困难,记忆力和判断力较差等。

❋ ❋ ❋

人类的一切努力的目的在于获得幸福。

——[英]欧文

"心灵空间"里的支教情

2010年3月4日,浙江省绍兴县平水镇中学的教师沈高丰作为浙江省第三批援川支教团的团长,再次远赴四川省青川县,踏上他第二次支教的征程。

早在这一年的1月26日,绍兴县教育局局长许义平就收到了这样一封特殊的来信:

"尊敬的局长伯伯,我们是四川省青川县七一凉水九年制学校八(2)班的全体学生。这学期,我们有幸成为沈高丰老师的学生……沈老师人很好,对我们更是关怀备至,经常嘘寒问暖。请您批准沈老师再教我们一学期,满足我们共同的心愿……"信件的后面是全体学生密密麻麻的签名和留言。

读着这些淳朴而情真意切的留言,许义平被深深地感动了,便立即征求沈老师的意见,希望他能再次赴川支教,满足灾区孩子们的愿望。很快,沈高丰老师回复说:"当老师是我的梦想,能为灾区的学生带去温暖和知识,很欣慰。组织上允许,下学期一定再去支教。"对于沈高丰来讲,第一次支教的日子虽然漫长而艰苦,但是却充实而幸福。

沈高丰出生于 1981 年。从上小学的第一天开始,他就立志要当一名老师。每当学习中遇到困难,想到自己小时候立下的志愿,他便充满了斗志。高中毕业后,高考成绩优异的沈高丰,依照自己的梦想,选择了一所师范类大学。眼看离自己的梦想越来越近,沈高丰暗下决心,要更努力地学习,把知识传授给更多需要的孩子。师范毕业后,沈高丰以"三优生"的身份,被分配到平水镇中学任教,后通过公开竞聘,担任了团委书记一职。沈高丰教课认真,对待学生友善有耐心,办事谨慎细致,这个年轻的老师,不仅得到了学生的好评,也受到了学校领导的一致认可。

2008 年汶川地震,灾区人民失去了家人、家园,灾区的孩子们也失去了教室、学校。国家不仅出资大力扶持灾区重建,也安排各省区市分批援建灾区。2009 年 8 月,浙

江省教育厅下发文件,让符合条件的教师参加支教工作。收到通知的平水镇中学校长赵白源,第一个想到的就是沈高丰。"那天教育局领导打来电话,要我在四十分钟内上报一名符合条件的援川支教老师,我第一时间想到了沈高丰,立即跟他联系……"说起这位自己的得力部下,赵百源校长滔滔不绝。

接到校长通知的沈高丰没有一点犹豫,立刻填报了各种相关表格。等到一切办妥之后,他才想到,不知道该如何跟家里人开口支教的事情。父母年岁渐高,母亲身体又不大好,需要人照顾,同样当教师的妻子白天要上班,家里还有仅15个月大的孩子需要照看。这么多的困难,妻子独自能扛得住吗?况且灾区余震不断,去那儿本身就存在危险,家人能答应吗?他忐忑不安地回到了家。没想到,当他把去灾区支教的想法告诉妻子后,妻子却平静地说:"去吧,家里有我呢!"一句简短的回答,道出的却是一种理解与支持。而他的岳父,一位曾经的老校长,更是坚定地表明了自己的态度:"你就放心去吧,家里的困难算得了什么,灾区的孩子更需要老师啊!"就这样,怀揣着妻子的理解、亲人的支持和组织的信任,沈高丰第一次踏上了赴四川省青川灾区的支教路。

9月1日,开学的第一天,沈高丰在四川省青川县七一凉水九年制学校,开始了他难忘的支教生活。学校刚刚从活动板房搬到新的教学楼中,各种设施都很不完备。水电不通,交通也不便,从山里到外面,要走很长的一段山路。沈高丰说:"其实这都不算困难。"刚去一个多月的时间,就发生了4次比较强烈的余震,5.1级那次,躺在床上的他是被震醒的,"床板晃动的咯吱咯吱声听起来很恐怖"。

沈高丰被安排担任八年级(2)班班主任,还承担八年级(2)班、(3)班的语文教学工作。他自己经历了几次余震,更加感受到了这些遭受过巨大灾难的孩子的感受。他还记得临来支教前,在援川支教的欢送会上,省教育厅刘希平厅长的勉励:"你们是爱的使者,希望你们能带着这份爱心,实实在在为青川的教育做点事,为青川的孩子提供更好的教育。"自从踏入青川七一凉水九年制学校的第一天起,他每天都是迈着有力的步伐,面带笑容走进校园,亲切地和学生交流谈心,希望用一种积极、快乐的形象去感染学生,点燃他们对美好生活的向往。在经历过这次灾难之后,很多孩子都变得沉默寡言,学习兴致也不高。沈高丰想,只有良好的心理状态,才能有更好的状态学习,他希望能够帮助孩子们打开心结。为此,他专门在学校的一间办公室开辟了"心灵悄悄话空间",有什么困难和疑惑,都

可以到这里来找他。因为担心一些腼腆的孩子害怕面对面交流,他又在门上贴上了自己的手机号码。自从这个心灵悄悄话空间建立后,有一百多个学生通过面谈或者电话交流的方式,向他吐露心中的担忧、困扰。

其中,有一个小女孩让沈高丰难以忘怀。那天,下班很久了,沈高丰一直在心灵悄悄话空间的办公室里坐着,他担心有学生会到此来找他。眼看着天就要黑了,沈高丰想应该没有学生来了,正要关门,来了一个个子不高的女生。女生低着头小声地问:"沈老师,我……我想问你个问题。"沈高丰忙让女生进办公室坐下,给她倒了水,并没急着问,让女生自己慢慢放松下来。女生看了看坐在对面的老师,脸红着说:"老师,我每天都害怕睡觉。一睡觉就会梦见教室、房子都塌了,砖瓦都砸下来。"沈高丰听了很是震惊,他只知道那些失去亲人的孩子心中有很大的障碍,并没有想到这些已经足够幸运的孩子也有如此严重的震后心理问题。他首先让自己冷静了下来,然后慢慢地跟女生说:"老师知道地震毁了你的家园和学校。可是你看,我们不是有了新的学校吗?一切都会好起来的,你想,我们这么快就有了新学校,也马上会有更多的更好的家园建起来,那个时候,一切都是崭新的呢。"听了沈高丰的话,女孩子好像宽慰了一些,点了点头。沈高丰又拿出前几天去镇上买的一袋牛奶,递给女生:"睡觉前把牛奶喝了,有助于安眠。不用害怕,一切都会好起来。即使你还是会做噩梦也不要担心,我们慢慢解决掉这个梦里的大坏蛋,好不好?"沈高丰做了一个搞笑又轻松的表情,女生也露出了笑容。送走女孩,沈高丰立刻打电话给自己在绍兴的同事,希望他们能帮忙查找一些震后心理辅导的资料。接连几天,沈高丰都为做震后心理辅导学习着。之后,他利用课余时间,给学生们放音乐、发画笔,让他们在艺术中把自己内心隐藏的伤痛释放出来;除此之外,他还组织学生进行专题讨论,在班上分为几个小组,让他们谈谈救灾防治的工作,甚至是家园重建的工作。经过几次不同形式的辅导后,那个去找沈高丰的女孩子又去找了他一次,只不过这次是高兴地告诉他:"老师,我现在已经能睡个安稳的好觉了,梦里可怕的大怪物再没有出现过。"沈高丰听了,心里真是高兴得不得了。沈高丰说:"我从来没有想过,老师除了传授知识外,还能有如此之大的作用。每一个学生都那么需要你的帮助,他们信任你,你也要尽最大努力帮助他们。这个时候,老师这个职业,在我眼中变得更神圣,而我的梦想也更加坚定了。"学生的状态比较稳定之后,学习的积极性增强了。此时,沈高丰也

开始琢磨,如何帮助学生提高成绩。由于青川地区是藏、羌、回、汉多民族聚居的地方,地处高原,居住地比较分散,因此基础教育非常薄弱。虽然他带的两个班是学校的重点班,但学生的基础还是比较差,不但离中考的要求存在较大差距,就连正常的课堂组织教学都比较困难。在教学的过程中,沈高丰千方百计地把知识教给学生。

有一节语文课,他讲到唐代刘禹锡的《陋室铭》,因为担心孩子们理解不了,就尽量一个词一个词地翻译出来。"'斯是陋室,惟吾德馨。'有没有哪位同学能试着翻译一下?"沈高丰除了自己讲,也希望孩子们能参与到课堂教学中,更好地吸收知识。不过孩子们都低着头,没有一个敢举手回答。沈高丰耐心地解释道:"'斯'在这里是指代词,表示此、这;'惟'呢,就是我们常理解的'只'的意思;'德馨'在这里指德行高尚。好了,现在老师把具体的词都解释了,哪位同学可以站起来翻译一下呢?"在听过沈高丰的解释后,有一些学生举起了手。沈高丰叫了一个瘦小的女孩子站起来回答:"这句话的意思是:虽然这只是简陋的房子,但这里的主人是品德高尚的人。"听到学生的回答,沈高丰高兴地说道:"回答得真棒。你们看,文言文并不难,只要你们耐心地弄清楚每一个字或者词的含义,再对句子

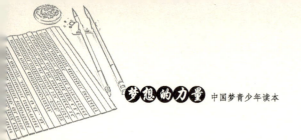

加以理解,就可以翻译成现代文。"孩子们认可地点点头。

沈高丰尽可能地让语文课的教学,成为老师与学生之间的一个交流,大家共同学习一种语言的课程。因此,他常常在课上和学生一起分角色朗读课文;或者安排不同的学生,做15分钟的"我是小老师"的活动。这15分钟内,学生可以讲成语、古诗或者文言文,当所有学生都讲过之后,沈高丰还会做评选,给大家公认讲得最好的学生一些奖励。这些丰富有趣的教学内容,不仅调动了学生的学习兴趣,而且也让学生更加深刻地理解和吸收了课堂内容。"语文课很有趣,我们回答问题总是最踊跃的,每个同学都把手举得老高。"八(2)班语文课代表高小琴很喜欢这个支教来的年轻老师。

对于沈高丰来讲,在青川支教的日子是没有休息日的。支教期间一共20多个双休日,沈高丰几乎全部用来家访,在他担任班主任班级的54位学生中,他家访过50位。最远的一次,他连续走了4个多小时山路,到达海拔1千米处的学生家里。学生的家长善良淳朴,见到老师非常激动,特意拿出平时舍不得吃的腊肉招待沈高丰。腼腆的父母不知道该怎样感谢老师,就一个劲儿地跟沈高丰说"谢谢"。沈高丰倍受感动,走了4个小时山路的疲惫也被

这质朴的情感打消。

青川的教育相对落后,尤其缺乏先进的教育理念与教育管理方法。沈高丰充分发挥自己在平水镇学校担任团委书记的经验和优势,为学校制度建设献计献策。在赴川前,他特意整理了平水镇中学的各类管理资料,还带去了一批《绍兴县教育》杂志。在学校搬进新校区初期,他积极参与学校的制度建设与教育管理,向学校领导提供了许多绍兴县教育的先进经验,例如备课组活动、星级教师评比、住校生管理、校园网络建设等方面的成功做法,为学校的重建做出了很大贡献。

一个学期下来,孩子们已经和沈高丰建立起了深厚的感情。期末考试结束后,沈高丰来到教室表情凝重地说:"同学们,我要走了!"教室里的气氛一下子凝固了,班上的同学几乎都哭了。

沈高丰也眼眶发红,一学期下来,他对这些孩子有了太多不舍;而为这所学校,他还想做更多,怎奈时间有限,只能怀有深深的遗憾。

在得知他要回绍兴的消息后,班里的学生为他举行了一个特别隆重的欢送会,他们省下零花钱,买了气球、红蜡烛、鲜花等布置教室,黑板上深情地写着:欢送敬爱的老师回家——八年级全体同学。欢送会上，许多同学放声大哭，他们舍不得沈老师离去。为了感谢沈老师，全班同学悄悄筹钱，委托其他老师给沈老师买了当地最贵的皮鞋和一只保温杯，作为送别礼物。而一位叫李代钊的学生，追着快要离开的汽车，给他递上一瓶"营养快线"，这可是孩子省下一个星期的生活费买的呀！捧着这些凝结着灾区孩子感恩之心的礼物，沈高丰泪流满面。

"我爱那里的孩子，那里的学生真的需要我们的帮助。我想尽自己的绵薄之力。"回到绍兴的这些天来，沈高丰一谈起青川的学生，就充满了无限的爱怜。

如今，沈高丰还在自己的工作岗位上努力地工作着。沈高丰说："我们小时候就学过，老师是蜡烛，燃烧自己，为学生照亮前路。我愿意做一名默默奉献的教师，倾尽自己一切能力，教授孩子们知识。"

在沈高丰心中，小时候那个小小的梦想还没有完全实现，他的梦想在随着他的事业一点点地完成。他用梦想选择了职业、选择了人生的道路；同样，他也用自己的梦想，传播了爱与信念。

知识链接

《陋室铭》 "铭"本是古代刻于器具和碑文上用于警戒自己或陈述自己的功德的文字,多用于歌功颂德、祭奠祖先与昭申鉴戒。后来逐渐发展演变为一种独立的文体。这种文体独特的历史渊源,使其具有篇制短小、文字简约、寓意深刻等特点。根据古文体的分类,"铭"是应用文。《陋室铭》选自《全唐文》卷六百零八集,唐代诗人刘禹锡著。文章表现了作者不与世俗同流合污,洁身自好、不慕名利的生活态度。表达了作者高洁傲岸的节操,流露出作者安贫乐道的隐逸情趣。

❋ ❋ ❋

世界上最快乐的事,莫过于为理想而奋斗。

——[古希腊]苏格拉底

睡在羊圈里支教

"小峰,小峰!"爸爸焦急的呼唤、妈妈悲伤的哭声,仿佛就在耳边……李峰从梦中惊醒。"又梦到小时候的事了。"他擦擦额上的冷汗。此刻,李峰正与一同到王家玉孤儿院支教的同学们夜宿在羊圈中,仰头看着头顶的星空,他的思绪久久不能平静。

曾经,李峰是个非常活泼可爱的小男孩。那时,爸爸妈妈在田间务农,不到两周岁的小李峰就在田埂上玩耍,追着爸爸妈妈四处奔跑。妈妈给小李峰擦去额头上的汗珠,爸爸在一旁挂着锄头,幸福地笑着。爸爸那时常说:"咱们家小峰跑得这么快,将来一定是个当运动员的料!"小李峰每次听到爸爸这样说,都会更加来劲地跑跑跳跳,

逗得爸爸妈妈哈哈大笑。

天有不测风云。两岁后的一天晚上,小李峰忽然发起高烧。县医院的走廊里,爸爸沉重的叹息和妈妈低哑的哭声久久回荡。大夫对这对可怜的父母说:"你们家孩子的病很严重,要到城里去治。"

在李峰的记忆中,从那个夜晚开始,家里的气氛再不像从前那么平静祥和、其乐融融。妈妈开始变卖家中值钱的东西,爸爸则背着小李峰四处求医问药。爸爸那时候对小李峰说过这样一番话:"无论如何,你一定要坚持读书,千万不要放弃!不管有多难,爸爸妈妈都一定供你读到大学!"

小李峰从来没有忘记爸爸的话。7岁那年,身体病弱的他像所有健康的小朋友一样正常上学去了。在学校里,小李峰虽然很沉默,但非常刻苦,老师们都认定这是个好学生的苗子。而这个优等生唯一不擅长的科目,就是体育课。每当小伙伴们在操场上撒欢奔跑,小李峰总是默默地躲在一边,眼泪无声地落到地上。

上小学三年级那年,是令李峰刻骨铭心的一年。父亲变卖了3间瓦房,带着他到更远的医院,找更好的专家会诊。爸爸的头发早早地白了,小李峰看在眼里,泪往心里流。他对自己说:"爸爸,我一定会努力的!"

最终,小李峰的手术很成功,但还是落下了二级残疾——在医学上这已是最好的结果。李峰还记得,当时爸爸坐在手术室外发愣,那茫然无助的神情像刀一样刺痛了他的心。从那以后,李峰立下了更大的志愿,他不仅要做一个独立的人,更要做一个优秀的人。

高考那年,18岁的李峰考取安徽大学新闻传播学院。李峰收到录取通知书,兴高采烈地回到家中,发现妈妈正在厨房忙碌着。"妈,爸呢?""你爸还在地里干活呢。"李峰连忙跑到田间,看到已是两鬓斑白的父亲正在锄地。他的腰已经弯得很厉害,背也驼了。李峰忽然有种恍惚的感觉——原来,父亲早已不是他记忆中那个魁梧得仿佛能够支撑天地的壮汉。"爸爸!我考上大学了!"爸爸回过头来,看着儿子。在午间的烈日下,父子二人久久没有说话。李峰知道,这个喜讯带来的不仅有他成才的希望,还有一笔不小的开支——学费与生活费。李峰拍拍爸爸的肩膀:"爸,别发愁,我自己能解决!"

李峰果然说到做到。从大一开始,李峰的生活费主要靠勤工俭学。推销消费卡、卖书、在寝室推销生活用品……正是因为深知寒门学子求学之苦,李峰与公益事业

结下了不解之缘。

安徽大学有许多学生社团,其中"春晖学社"的社员们经常参访慈善机构。李峰一入学就加入了这个社团。大一那年,在学社组织下,李峰第一次来到了王家玉孤儿院。

孤儿院的创办者王家玉老人亲自迎接了社员们。"这家孤儿院,是我自己办的。"王家玉向大家讲述了自己散尽家财、收养214位孤儿的故事。李峰站在同学们之中,默默地听着,想到自己从小到大的经历,心中很感慨。"我要帮助王家玉老人,把孤儿院做好。"在回校的路上,李峰对自己的好朋友说。好朋友流露出敬佩的神情,但也不无忧虑地问:"可是你自己都这么艰苦,拿什么来帮孩子们呢?"李峰自信地握紧拳头:"总有办法!"

因为暂时没有多余的钱,李峰决定从支教开始,他组织同学们一起到王家玉孤儿院免费助学。望着孩子们清澈的眼神和纯真的面孔,李峰触动很大。他站在讲台上问大家:"同学们,你们都有什么梦想?"

小孩子们七嘴八舌地回答着。

"我要当老师!""我要当将军!"……

"大家说得都很好,我们的梦想都是跟祖国息息相关的,对吗?"

"对!"孩子们高兴地欢呼。

支教的日子既快乐也辛苦,最难办的一件事莫过于安排住宿。孤儿院条件有限,李峰和他的支教同学们没有住处,大家到四周勘察一番,最后决定晚上睡在羊圈里。第一次带着同学们来到羊圈,李峰心中对于这特别的"宿舍"也没底。好在大家都明白孤儿院条件艰苦,没有人说过半句怨言。大家默默地清理羊圈中的脏物,将稻草平铺在地上,再铺上自己带来的被褥。有的同学没有带被褥,就跟其他人挤在一起。入夜,稻草下面不断爬出小小的甲虫,小虫爬到同学们的脸上、手上;羊圈虽然已经被彻底打扫了一遍,却仍旧充满了臭气和膻气,很多同学都翻来覆去地睡不着。

因为疲惫,李峰早早进入了梦乡。他梦到自己的童年。妈妈的眼泪,爸爸的鼓舞,啊!只有爱才是动力的源泉。李峰悄悄拭去眼角的泪水,他想到了孤儿院的孩子们。自己虽然有残疾,却有父母的爱作为生命的支撑。可是,这些被遗弃的孩子们呢?李峰睁开双眼,看看四周沉睡的同学们——大家精疲力竭,已经没有力气再与小虫和不好闻的气味"斗争"了。李峰想,关爱孤儿,正应该从这些有爱心的年轻人开始。

"那时候我就想好了,"李峰后来在一次接受采访时对记者说,"孤儿可能永远享受不到来自父母的关爱,但是他们应该受到全社会的支持,我们每一个人都应该尽可能多地帮助他们,不仅仅是从物质上捐助,还要关心他们的内心成长,这样才能帮助他们成为健全快乐的人。而作为受过高等教育的年轻人,大学生对支教、公益都应该投入更多,帮助更多需要帮助的孩子。这或许是最好的回报社会的方式。"

在王家玉孤儿院支教期间的一个傍晚,结束了一天的教学与游戏,李峰疲惫地回到"羊圈宿舍"。这时,他发现自己教过的一个小姑娘跟了过来。小姑娘眨着大眼睛,天真地问他:

"哥哥,你怎么住在羊圈里啊?"

"因为宿舍床位不够了。"李峰和蔼地笑笑,摸摸小姑娘的脑袋。

小姑娘又问:"那你们要一直住在羊圈里吗?"

李峰说:"不会的,哥哥有办法'变'出新的宿舍!"

小姑娘拍手大笑起来:"你真棒!"

李峰是个说到做到的人。在之后的几年里,李峰直接或间接为王家玉孤儿院募集钱物价值近 20 万,大大改善了孤儿院的生活环境。他先后组织策划了安大爱心课堂、春芽残障站义工服务、肥西留守儿童调研、手工艺品义卖、草岗小学留守课堂等一系列公益活动。而在王家玉孤儿院的支教历程只是李峰公益生涯的开始。"5·12"汶川大地震后,李峰进入公益组织,成为一名项目干事,他冒着生命危险,在余震不断的绵阳地区坚持工作了22个日夜。

即使到今天,李峰也依然常回忆起在王家玉孤儿院,给孩子上的那节"梦想课"。现在,有许多非政府组织(NGO)向他发起了工作邀请,时常有工作人员问他:"你的梦想是什么呢?"

"我已经找到了愿意为之奉献一生的事业,就是帮助别人,做公益。这就是我的梦想,我相信我的祖国需要有这样梦想的人。"

作为一名残疾人,李峰没有自暴自弃,而是选择自强不息;在自立的基础上,他还不忘帮助别人,把温暖送给更多需要帮助的人。国家的栋梁之才理当如此啊!不管自己是贫穷还是富有,心中都应该常常想到社会上更加贫苦的人,并为他们做一些实实在在的事,这样才能实现作为一个"人"的真正价值。

知识链接

NGO NGO即“非政府组织”。非政府组织是英文Non-Governmental Organizations的意译，英文缩写NGO。一般认为，“非政府组织”一词最初是1945年6月26日在美国旧金山签署的《联合国宪章》第71款使用的。该条款授权联合国经社理事会“为同那些与该理事会所管理的事务有关的非政府组织进行磋商作出适当安排”。1952年，联合国经社理事会在其决议中把“非政府组织”定义为“凡不是根据政府间协议建立的国际组织都可被看作非政府组织”。在当时，这主要是指国际性的民间组织。

凡事都要脚踏实地去做，不驰于空想，不骛于虚声，而唯以求真的态度做踏实的工夫。以此态度求学，则真理可明；以此态度做事，则功业可就。

——李大钊

课堂上的正能量

歌德曾经说过:"你若喜爱你自己的价值,你就得给世界创造价值。"这是张秀丽最喜爱的一句名言,也是她的座右铭。对于童年愿望就是成为一名老师的张秀丽来讲,这一年的9月显得十分特别。她登上了人生梦寐以求的舞台——讲台,开始了她的教师生涯。然而,一直以"给世界创造价值"为目标的张秀丽,却在这属于自己的小舞台上,第一次真正学会了如何创造价值。

那天课上,讲的是七年级下册的《邓稼先》一文,临近下课时,张秀丽照例对课文中的词语进行随堂听写。她叫了座位排在前后桌的一男一女两个学生上黑板听写。男生名叫潘良坤,女生名叫顾萌。两个人都是平时成绩还算不错的学生,张秀丽也十分愿意让好学生做出榜样。"马

革裹尸、鲜为人知、可歌可泣"。张秀丽一边在走道间绕着走,一边看着学生的听写情况。刚学完的课文,个别不熟的词语还是难住了一些学生。张秀丽按照原有的速度继续念了下去:"锋芒毕露、家喻户晓、妇孺皆知、当之无愧、宰割、彷徨、鞠躬尽瘁。"这次的听写,一共听写了10个容易出现错误的词语,张秀丽想让学生们通过听写,加深对词语的记忆和对课文的理解。听写结束了,张秀丽对学生说:"现在大家互相交换听写本,帮同桌检查错误。潘良坤、顾萌,回到座位上对照课文,看看自己有没有写错的地方。"

"同学们,大家抬起头来看黑板。大家来帮两位同学一起检查一下,我们先看顾萌同学的。她有几个写错的地方呢?"

"两个!"学生们大声地说。

张秀丽看到顾萌微微地低下了头,好像为了藏起来羞怯而变红的脸,她安慰道:"没关系,你错的这两个都是粗心写错的,下次要注意了。"顾萌轻轻地点了点头。"那大家再来看潘良坤的,他有几个错误?"张秀丽走到黑板的另一边,也跟着一同仔细地检查起来。

"3个,潘良坤错了3个!"反应快的学生大声喊了出来。

"嗯,是3个,比顾萌多错了1个!"发现了错误的学生们都跟着应和着。

"潘良坤同学,你看到自己的错误了吗?"张秀丽发现大部分错误都是粗心造成的,所以希望能够引起学生的重视,以后在学习中更细心一些。潘良坤抬起头盯着黑板,并没有答应张秀丽。"其实你也是粗心了一点,下次注意一些就好了。同学们也一样,在学习的过程中,一定要仔细、认真,才能牢牢掌握所学的知识。"听写的内容结束了,张秀丽看看时间,便想让大家再读一遍课文,还没等她开口,就看见潘良坤高高地举起手。

"还有什么问题吗?"张秀丽疑惑地问。

"老师,我只有3个字没写对,其余的全对。"潘良坤不服气地说。

张秀丽被这一句理直气壮的话难住了,她想:是啊,为什么我总是强调错误,而不说他做得对的地方呢?他说得多好呀。张秀丽问学生们:

"大家看,老师的话和潘良坤的话,有什么区别吗?"

同学们都陷入了沉思,此时,班长唐明站起来发言了:

"老师,我觉得有区别。"

"那你说说有什么区别。"张秀丽让唐明继续说下去。

"您给我们讲题的时候,强调的是潘良坤的错误;而潘

良坤强调的是他正确的部分。"

"那你觉得老师应该强调他的错误部分还是正确部分呢?"

"老师,我觉得应该强调正确的部分,那正是我们的优点,强调优点会产生一种自豪感,让我们有动力做得更好。"班长唐明想了想,很诚恳地说了这一番话。话音才落,全班响起了热烈的掌声。张秀丽也跟着鼓起掌来,为了潘良坤的勇敢、唐明的坦诚,同时,更是为了感谢这些孩子教会她怎么做一个好老师。

"老师为刚才的行为向大家道歉,同时向大家承诺,今后我会强调大家的亮点,也希望你们多多展现亮点给老师看,好吗?"张秀丽有些激动地对学生们说。

"好!"全班同学回答得整齐而有力。

冬天来临了,一个学期的课程结束了,张秀丽的第一段讲台生活也告一段落。此时的张秀丽,虽然到校时间不长,却已经成为了最受学生欢迎的老师之一。她手中拿着学生写给她的新年贺卡,眼泪在眼眶里打转。贺卡上写着:老师,您鼓励的话语像炎炎夏日里一丝凉爽的清风;您赞美的眼神,像寒冬里一缕温暖的阳光;您让我们体会成功、感受快乐,在学习的道路上一路欢歌。谢谢您!

张秀丽在心里又一次默默地念诵了自己的座右铭:

"你若喜爱你自己的价值,你就得给世界创造价值。"她第一次真正明白了,如何把自己的价值奉献到世界当中。

学生是张秀丽的正能量,梦想是人前进的正能量,而鼓励与赞美,是推动梦想实现的正能量。

歌德 约翰·沃尔夫冈·冯·歌德,出生于美因河畔法兰克福,作为诗人、自然科学家、文艺理论家和政治人物,歌德是魏玛的古典主义最著名的代表。而作为诗歌、戏剧和散文作品的创作者,他是最伟大的德国作家之一,也是世界文学领域一个出类拔萃的光辉人物。

❋ ❋ ❋

请用花一样的语言说话。

——西方谚语

落榜"落"不下梦想

方文忠坐在讲台上,语气有些激动,说:"同学们,你们一定要记住,人哄地皮,地哄肚皮!"正是因为这句话,方义忠做了几十年的老师;正是因为这句话,让方文忠爱上了老师这个职业;也正是因为这句话,方文忠培养出了一批又一批充满梦想的学生。他想,做老师是他这辈子最幸运的事情了,他能用自己的梦想创造学生未来的梦想。

有人说:上帝为你关上一扇门的时候,一定也为你打开了一扇窗。用这句话来形容方文忠是恰到好处的。高考可以改变一个人的命运,同样,高考落榜也可以改变一个人的命运。如果不是高考落榜,方文忠这辈子也许都不会成为老师,当然,也不会有机会把自己的梦想传递给一批又一批学生。

新一年的高考马上要来临了,湖北省钟祥市洋梓中学的高三(1)班里,学生们为了应对20天后的高考而努力自习着。看着台下的学生们努力学习,方文忠露出会心的笑容,这让他再一次想起当年的自己。

1980年,念高三的方文忠凭着理科班年级前10名的成绩,被老师列为重点大学"有力冲击者"。那时也是高考前的复习,他的语文老师熊义新也是坐在他现在坐的位置上,看着学生们为了自己的梦想而努力。那年的夏天比现在要热得多,方文忠和其他同学一样满头大汗地和复习题做着"殊死搏斗"。

当时,方文忠的语文老师在台上对着他们说了一句话,他说:"你们今天的所作所为将会在你们今后的一生中体现出来。永远记住,人哄地皮,地哄肚皮,做人做事都是这个理儿。"对于在农村长大的方文忠来说,这句话再简单不过了,农民如果不想饿肚子,就要老老实实、勤勤恳恳地劳作,认真对待养育他们的土地,这样才能有所收获。可方文忠觉得,老师话里的深层含义,他并不明白。即便这样,他还是深深地记住了这句话。

走进高考考场的方文忠,没有辜负老师,也没有辜负家人,更没有辜负自己,他考出了全市第二的好成绩。父母给全村挨个磕头借大学学费,村里面没有出过大学生,村民谁都不敢保证大学生毕业了能比种地挣钱多,但是看在方文忠一家一辈子实诚的分上,村里凑够了让方文忠上大学的钱。

方文忠还记得那一天全村在村头等着邮递员,方文忠的父亲一直给村民道谢,说等文忠发达了一定不会忘了父老乡亲。邮递员来了,但是邮递员送来的不是录取通知书,送来的是退回的档案。方文忠落榜了。

一名学生走上讲台问问题,打断了方文忠的回忆。这名学生是班里的尖子生,就像当初的方文忠一样。学生问:"方老师,鬼斧神工这个词修饰的到底是人做的事还是大自然做的事?"方文忠笑笑并没有马上回答而是反问他:"你觉得呢,你的理解是什么?"学生想了想回答说:"我觉得应该修饰的是大自然。"方文忠继续问:"为什么呢?因为有鬼和神两个字吗?"学生明显是思考过的,回答说:"不完全是因为这个原因,我是觉得,能称得上鬼神能力的,只有大自然,人的能力再大,也达不到鬼神的程度。"方文忠认真地看着他说:"那我问你,你觉得一个听不见的人能不能演奏音乐甚至创作歌曲?""那不可能!"学生马上回答。"那我再问你,一个师范学校毕业的人能不能成为军事家?""这太难了!"学生说。"我刚才说的,一个是贝多芬,一个是毛泽东,你觉得他们做的事情简单吗?"学生不由自主地回答:"这太难了。"方文忠对他说:"所以,不要看事情难做就觉得不可能,你能做的事情比你想象的要多。"学生心领神会:"老师我明白了。""那你现在还觉得鬼斧神工这个词只能修饰大自然吗?""不!我觉得相比起大自然来说,人做的事情更应该被称为鬼斧神工,谢谢老师。"看着这个孩子走下讲台,方文忠感到很幸福,当初他以为自己的一生都会被拘束在村里的田地间,是他的老师让他明白,人能做的事情还有很多,只要用心坚持梦想,就会有收获。

　　方文忠因小儿麻痹落下了残疾,左腿短一截,而且小腿别扭地向后折着。这就是方文忠没有被学校录取的原因。落榜之前,方文忠幻想过自己可能面临的种种困难,他本以为困难会从大学之后的生活开始。高考落榜前,方文忠的父母信誓旦旦向全村人保证自己的娃会出人头地,结果他们一家成了村里最大的笑话。方文忠十年苦读,却因为先天的原因而失败,一夜之间他失去了生活的目标,这个时候他的老师熊义新出现了。

熊义新是方文忠的语文老师,也是他们学校的校长。看到方义忠的失落、沮丧和自暴自弃,看到方文忠和村里的闲人一起挥霍时间,他知道他必须要帮这个孩子一把。那时,熊义新不顾学校其他领导和老师的反对,毅然决定,聘请方文忠为学校的语文老师。

眼见方文忠犹豫不定,熊义新问方文忠:"你还记得高考前,我跟你们说的那句话吗?"方文忠立刻回答:"人哄地皮,地哄肚皮。"看到方文忠还记得这句话,熊义新点了点头,又问:"那你知道我说给你们这句话的用意吗?"方文忠迟疑了一下,摇了摇头。熊义新拍了拍方文忠的肩膀,说道:"其实做人做事跟种地是一样的,我们对待事情也要像农民对待地皮那样。凡事都需要以诚相待,任何一种目标都需要用心浇灌,'地皮'对待任何人都是一样公平的。落榜是人生的一次磨砺,但它不应该'落下'你的梦想啊!"方文忠品味着老师刚才的字字句句,"是啊!我梦想还在'榜'上!"他抬起头,坚定地看着老师的目光说:"我去。"

就这样,方文忠开始了他的教师生涯。方文忠没有教学经验也没有学过正统教学的方法,他便开始摸索语文教学之道。为了让学生喜欢语文,总是想着法子让他们自觉参与到教学活动中,提高课堂效率。每堂课总是先把学生兴趣调动起来,对表现突出的学生,有时还奖励一本练习本什么的。东西虽小,但鼓励的作用却大。

之后的几年,方文忠在先后工作过的 4 所农村中学组织学生开展文学活动,拄着拐杖和他们一起到校外采风,和学生讨论、修改习作,编辑文学社社刊。看到学生们一篇篇质朴的文章,就像采矿工人发现了宝藏,兴奋、喜悦。方文忠自己讲道:"说实话,办文学社很辛苦。业余时间,别人在休闲、聊天,而我要和学生交流,忙着办社刊。不过,看到学生发表习作后的高兴样子,看到学生一个个变得自信,辛苦就都化作了欣慰。"方文忠在洋梓中学担任北门湖文学社辅导老师 20 多年,看到学生先后发表的 800 多篇习作,看到北门湖文学社成长为"全国百家优秀文学社",他感到无比幸福!

方文忠把自己的梦想,变成了教育的动力,把梦想传递给更多的学生。他仍然记得自己老师熊义新当初的话:"落榜是人生的一次磨砺,但它不应该'落下'你的梦想!"

下课铃响起,学生们还沉浸在复习之中不愿停下。方文忠笑笑拄起自己的木棍,一瘸一拐地离开教室。方文忠身后留下的,是他作为教师的梦想;而教室里面,充满了每一个学生不同的梦想。方文忠和学生们的梦想,便是祖国教育的未来。

知识链接

人哄地皮,地哄肚皮 "人哄地皮,地哄肚皮"是农村的一句谚语。劳作的人耕地、播种、除草、施肥、浇水都应付差使,叫"人哄地皮";结果地里的庄稼长势差,产量低,最后使人吃不饱,叫"地哄肚皮"。

❀ ❀ ❀

不要只因一次失败,就放弃你原来决心想达到的目的。

——[英]莎士比亚

后 记

这套"梦想的力量：中国梦青少年读本"丛书得以出版，首先要感谢北京师范大学出版集团和安徽大学出版社的大力支持与帮助。感谢安徽大学出版社康建中社长不辞辛苦地从安徽赶来北京师范大学参加我们的审稿研讨会，并提出了重要的具有建设性的意见。感谢安徽大学出版社赵月华总编辑，这套丛书从最初的构思、策划，到最终的出版、发行，都凝聚着她的智慧和心血。社长和总编把这套丛书的读者定位在青少年身上，体现了他们对"中国梦"本质内涵的深刻理解，凸显了他们为实现"中国梦"所担负的社会责任感。同时，还应该感谢安徽大学出版社王先斌等编辑，他们在每一本书的编辑过程中都提出了许多宝贵而中肯的意见。

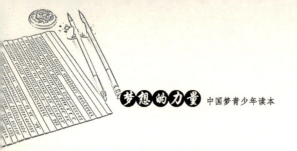

　　当然,本丛书各卷撰写者都是在繁忙之中,集中时间和精力,全力以赴地完成书稿的,付出了许多的辛劳和汗水。另外,还要感谢丁子涵、郝思聪、任敏、张悦等几位研究生,他们在查找资料、校对书稿等方面做了大量工作。

　　从开始策划到完稿,时间太仓促了,因此难免会有一些纰漏和不足,还请各位读者给予指正!

刘　勇　李春雨

2014 年 5 月